新潮文庫

迷　　宮

中村文則著

目次

迷宮

「君は選ばなければならない」

白衣を着た男が、まだ小さかった僕にそう言う。

「皆と何とかやっていける存在になるか、それとも、皆から背を向けられる存在になるか。……ん？　僕の話、ちゃんと聞いてる？」

男はそこまで言うと、僕に微笑《ほほえ》む。僕は自分の右の太ももをかいている。不安な時いつもそうしていたように。何かが、自分の中に入り込もうとしていた。まだ幼い僕の精神では、防ぎきれない何か。

「……だってそうだろう？　このままじゃ、君はみんなから嫌われてしまう。クラスメイトと口をきこうとしない。先生に呼ばれても何一つ反応しない。新しいお母さんとも上手《うま》くやろうとしない。暗い目で、ずっとどこかを眺めている。……今はまだいい。でもいいかい？　そうやって生きていくとね、大人になった時大変なことになるんだ」

この部屋は広く、清潔に保たれている。相手を油断させるためかもしれない。白衣を着た男は、不意にテレビのスイッチをつける。恐らく、あらかじめ僕に見せようと用意していた、報道のビデオテープ。疲労した男が映っている。何かの理由で、誰かを何かで殺した男が映っている。

「極端な話、こんな風になるかもしれない。それは嫌だろう？　彼は孤独だった。君もそうだ。いや、君の場合友人が一人いるみたいだね。名前は何というんだっけ？」

なぜRを知っているのだろう、と僕は思う。Rは僕がこんな目にあっているのに、助けにくる気配がない。いつもなら、僕の頭の中で言葉を出してくれるのに。そうじゃないよ、とRはよく言う。そうじゃない、もっと皆が嫌がることをしなければ。君は独立しているんだから。隙《すき》を見せてはならないんだから。

「世界は、君にだけ与えられたものじゃない」

男の言葉は終わらなかった。

「だから、君は好き勝手に生きるわけにはいかない。自分だけの内面に生きているわけにもいかない。いつか世界は君を攻撃する。そして攻撃を受けた君は、その世界に復讐《ふくしゅう》しようとする。……テレビの彼のように。そうなる前に、君は変わらなければならない。誰とも口をきかず、いくらまだ子供だからって、奇妙なデュエットみたいに姿も見えない存在と話す君と、誰がまともに付き合えるだろう？　僕の仕事はね、逸脱する君のような歪《ゆが》んだ個性を、手遅れにならないうちに矯正して世界に戻すこと」

白衣の男は不意にテレビを消す。

「そこで、提案があるんだ」

男はまた微笑む。僕が好きになれない笑顔で。

「その君の分身に、全《すべ》てを被《かぶ》ってもらうのはどうだろう？　君の内面の陰鬱《いんうつ》な部分の全てを。その分身は、まだ未熟な君の自我に入り込んだ異物だ。**どこから来たのかわからないけどね。**でもちょうどいい。その分身に被ってもらうんだ。君の陰鬱を」

白衣を着た男は、僕に近づく。

「君の沈黙を。君の右の太ももをかく癖を。右目だけを強く閉じるチックの癖を。新しいお母さんの下着を盗む行為を。クラスメイトの由梨ちゃんに抱きついてしまったミスを」

男が僕を見続ける。

「人を信用しないことを。人を軽蔑《けいべつ》する習慣を。他人にふれる時の違和感、他人がふれたものにすら感じてしまう違和感を。少し早すぎる性への欲望を。他人が君を見て眉《まゆ》をひそめるような全てを」

「Rは」

僕は初めて声を出す。

「もしそうなったら、Rは」

「Rは」

白衣を着た男は、僕を見て微笑む。

「Rは君から離れて、どこか遠くの、泥の中に行くんだ。君の陰鬱の全てを背負って。そしてその広く汚い泥の中に埋まる。出てこれないくらい徹底的に。これでもかというくらい打ちのめされて、無残に、ゴミのように埋まる。そして君は」

男は目を細め僕の顔を見る。なぜか謝罪するように。

「そこそこ明るくなる。将来は何か仕事をして、女の人と付き合い、それなりにこのつまらない世界の中で生きていく。みなが幸福と思うことを幸福と思い、世界から提示されるあらゆる人生のモデル、そのどれか一つを自然と選ぶようになる。時には外国の飢えた人間達に同情してみてもいい。時には生きる意味はなんだろうと考えてみてもいい。そこそこ楽しいよ。……多分ね」

I

自分らしくないことをしようと思った。

いつもの自分なら、しないようなことを。拒否を感じることを、たとえ不快に思うことでも。僕の存在の傾向というものがあるとして、それとは反対のことを、時には無理に。

部屋の天井を、低く感じた。八畳ほどの簡素なワンルーム。昨日は気づかなかったけど、細身のグレーのスーツがハンガーにかけてある。首をつった人間のように。首をつり、不快なキーホルダーになった人間のように。

「……ご飯、いる？」

「あるの？」

「……ないけど」

彼女が、僕を見ずにそう言う。興味のなさそうな顔で、小さなテレビを見ている。

昨日より、彼女は疲れて見える。化粧をしてないせいかもしれない。生身の人間、と不意に思う。好みでもないのに、僕はよく知らない女性の部屋に、こんな面倒そうな女性の部屋に、朝までいる。バーで飲みながら、クラスは違うけど、昔同じ中学に通っていたのがお互いにわかった。でも、それを頼りに会話を続けたけど、ほとんど面識もなく、偶然といえば偶然だけど、大した偶然でもなかった。僕は遊ぶことに慣れていない。こういう状況を、上手《うま》く処理する能力もない。上手く処理したいと思うこともできない。

僕はジーンズだけをはき、上半身は裸のまま、彼女に近づく。別に近づきたくはないのに。彼女は避ける素振りも、受け入れる素振りも見せない。茶色く長い髪に、ベージュのカーテンから漏れた光が反射している。細い目で僕をぼんやり見ている。

「ご飯、本当にいいの？」

「……ないんでしょ？」

「……そうだけど」

部屋の時計を見る。なぜか鳥のアニメがプリントされた、古びた時計。今から自分の部屋に戻り、着替えて職場に行けば遅刻になる。いっそのこと、辞めるなんてことは？　今からしたくもないのにもう一度彼女とベッドに入り、職場を無断で放棄するなんてことは？　彼女はまだテレビの画面を見ている。同じ映像が、もう数週間前から繰り返し流れている。原子力発電所からの、濃い灰色の煙。

「ご飯食べる暇ないよ。……どっちにしても。誰かと住んでるんでしょう？」

「……誰か？」

「帰ってきたら面倒だし」

かけてあるスーツを見ながら、ぼんやり想像する。それほど興味のない女性を、僕はわざとその男と奪い合う。たとえば玄関で、狭い廊下で、B級映画のように。僕は誤って彼を殺すかもしれない。そして逃亡する。道を踏み外したのを後悔しながら。どこまで逃げるだろう。

「……大丈夫、帰ってこないから」

「そう？」

「行方不明なの」

彼女はまだテレビを見ている。

その言葉に、反応しないことにする。僕は煙草《たばこ》に火をつける。二ヶ月前まで、禁煙していた煙草。

「このままだと会社は遅刻だよ」

「……働いてるの？」

「うん。……君はいいの？」

「私は……」

彼女は何か言おうとし、口を閉じる。彼女の大切な秘密でも守るように。彼女が話題を変える。

「そのまま行けばいいじゃない」

「駄目なんだ。今日は人に会うし」

「なら、それを着ていけばいい」

彼女が、かかっているスーツを見る。なぜだかわからないけど、鼓動が少し速くなる。

「……人のやつだろ？」

「だから、いいの。行方不明だから。……サイズは合うと思う」

僕はジーンズを脱ぎ、スーツのズボンをはく。ワイシャツに袖《そで》を通し、ネクタイを締め、上着を羽織る。遠くで、サイレンの音が聞こえる。少し胴回りは余るけど、僕とほとんど同じサイズ。白と紺の地味なネクタイ。サイレンが鳴り続けている。

「……似合うよ」

彼女が微笑《ほほえ》む。なぜか媚《こ》びてくるように、僕の意識の奥を、苛立《いらだ》たせるように。彼女の細い目が、さらに細くなっていく。

「じゃあ行くよ」

「うん」

また来るよ、と言うべきだろうか。戸棚の上のカレンダーが、去年のものであるのに気づく。僕は玄関のドアを開け、部屋を出る。歩きながら、なぜか視線を感じた。

2

ガラスのドアに、無数の手の跡がある。

僕はわざと、その白くなった部分にふれ、ドアを押して開けた。まだ来てる人間は少ない。早過ぎたのだと思う。

「おはようございます」

「うん」

「買ったんですか？　いいっすね」

後輩の木塚が、僕のスーツを見てそう言う。

「うん」

「似合うっすよ。なんか新見さんっぽくないですけど」

僕は一度椅子《いす》に座り、ファイルを開こうとしてやめ、外の非常階段までいく。灰皿の前で煙草に火をつけると、加藤さんが入ってくる。僕は慌《あわ》てて煙草の火を消すふりをする。素振りだけで本当には消さない。

「いいよ就業前だから。……あのさ、頼みがある」

今日、なぜか加藤さんは眼鏡をかけている。彼のスーツにつけられた、弁護士のバッジ。僕は自分が吐く煙を、彼の顔に吹きかけたらどうなるだろうと考えている。常識的な彼は、どんな顔をするだろう。その後で、僕は何を言うだろう。謝るだろうか。

「山辺のことだけどさ、一度様子見に行ってくれ」

「……どうしてですか」

「辞めるならいい。仕方ないから。……ただあいつ、おかしかっただろう？　最後の方。この事務所を訴えるかもしれない」

狂人なら訴えられても勝てますよ、と僕は言わない。彼が狂うようなことを何かしたのですか、とも言わない。

「様子を見に行って、彼の考えを聞けばいいですか？　遠回しがいいですよね」

「できれば。……お前、彼と同期だしさ。よく二人でいただろう？」

後に狂人になる男と一緒にいたのが悪いですか、とは言わない。僕は頷《うなず》く。

「すぐじゃなくていいから。お前の都合で。ただ様子を見に行くだけでもいいから。通院してるかどうかとか」

今から加藤さんは、僕の近況を聞くだろう。ただこの用事だけで、僕と話したのが気づまりだから。

「勉強はしてるか？　司法試験」

「はい」

してません、とは言えない。もう弁護士になることに興味がないとも。

「ん。要は気合だから。頑張れよ」

「はい」

加藤さんはフロアに戻ろうとし、振り返る。目元が疲れている。近頃は忙しい。

「お前さ、最近変わったか？」

「え？」

「いや、何でもない」

時計は午前八時を指そうとしている。タイムカードを押さなければならない。

午後になり、依頼者が来る。債務者、と言った方が正確かもしれない。人生の収支が、マイナスになった人間。この事務所には大勢の債務者が来る。

自己破産しか方法のない人間、まだ任意整理や個人再生などで収まる人間。この依頼者は任意整理で済む。複数の消費者金融から560万円の借り入れ。でも本来の金利以上に返済しているから、過払い金が発生している。彼は、自分の本当の借金以上の金額を、すでに高い利息で返済している。こういう人間は多い。

「戻ってきますよ。大体……」

加藤さんがそう言う。僕はようやく電卓を打ち終わり、テーブルに置く。

「借金はなくなって、おおよそですが、150万円ほど、戻ってくるんじゃないでしょうか。あとは業者次第ですが」

目の前の債務者が驚いている。マイナスがプラス。

「でも任意整理をすると、あなたはしばらくお金を借りることが難しくなります。ローンもです。……よろしいですか?」

目の前の債務者が、何度もうなずく。彼は泣き出す。馬鹿みたいに。


タイムカードを押して、フロアを出る。後輩の木塚から飲みに誘われるけど、笑顔で断る。お前はいい奴だけど苦手なんだ、とは言わない。お前の嫁の話も子供の話も聞きたくないんだ、とも言わない。

このスーツを、僕は返しに行くだろうか。このままにしておけば、もうあの女性とは会わない。連絡先も教えていない。中学が同じだったとしても、彼女はクラスも違ったし、思い出せないほど影が薄く、確かすぐ転校していったはずだった。

でも僕は、返しに行こうとしている。またあの媚びた笑顔をしてくれたらいいのに。彼女を怒らせてもいい、そんなことはしたくなくても。

雑居ビルから出ると、男が近づいてくる。平凡な男。地味なスーツに地味なネクタイ。目立たない男。彼は僕を見て軽く頭を下げる。不意なタイミング。僕を待っていたのだと思う。なぜか笑みを浮かべている。

「あの、突然申し訳ないです。……私、こういう仕事を」

男が名刺を出す。探偵事務所の名刺。

「大変失礼ですが、昨夜、紗奈江《さなえ》さんとご一緒でしたでしょう？　少し、お話を聞いてもよろしいですか？」

「……何ですか」

「いえいえ」

彼がオーバーに恐縮した素振りを見せる。そうするのが快楽のように。彼はそうしながらも、僕のスーツに視線を向けている。

「あなたには、少しも害のないことです。もし私の話が不愉快でしたら途中で退席してください。……少しだけお話を。どこかで」

古びた喫茶店。宙吊《ちゅうづ》りの、逆さのチューリップのような照明に、ほこりがたまっている。ほこりが熱で燃え出すかもしれない。どんな消火の手段も通じないまま、一斉に。

「……紗奈江さんと会ったのは、昨夜が初めてですよね？」

「……答える必要はないですね」

僕はそう言う。いつもなら、そんな風に言わないのに。他人との間に生まれる緊張や沈黙は恐ろしい。少し前の僕なら大体、こういう時はしゃべり続ける。したくもない会話を。

「そうですね。失礼しました。これでは尋問みたいだ」

尋問、という言葉がなぜか残る。

「この男性を、探してるんです」

男が、僕に写真を見せる。眼鏡をかけた、神経質そうな痩《や》せた男。

「知らないですね」

写真の男はこのスーツを着ている。

「ええ、知らないと思います。この男性は、あなたが昨夜会った、紗奈江さんと親密な関係にありました。彼はよく彼女のマンションを訪ねていました。でも今行方がわからない」

「……警察の仕事では？」

「ええ、そうなんですが」

男が、なぜか笑みを向ける。

「彼はね、ある会社の不正な経理に関わっていました。会社ぐるみの。だから、警察に連絡するわけにいかないというのが、会社側、つまり依頼主からの要望です。彼には肉親もいない。自殺していればまあいいのですが、何かメモなどがあっては困る。

……おわかりですか？」

「……さあ」

狭い店内は、暗く薄汚れている。まばらに見える客達も全部。

「彼は恐らく、嫌になったのでしょう。自分の人生に。自分が今いる人生と、これから予想される未来の人生に。失踪《しっそう》です。だから彼の行方不明の理由ははっきりしてるんです。紗奈江という女性のことは、恐らく関係ない。でもただ一つ」

男がコーヒーを一口飲む。儀式のように。

「彼女の部屋で、何か気づいたことはないですか？」

「言う必要はないですね」

「ベランダに、大きなプランターがあるんです。何の植物も生けられていない、実に大きなプランター。……まさかとは思うんですが、ふと、その中に彼が入ってるんじゃないかと思ったんです。土に混ざって。あなたが着ているスーツは、お気づきだと思いますが彼が着ていたものと同じです。まさかとは思うのですが」

僕は笑みを浮かべている。なぜだろう。

「すごいな。まあ、ない話ではないですね。確率は低いですが」

「ええ、確率はとても低い。いくらこの国が物騒になったとはいえ、殺人件数なんてたかが知れてる。でも、私がこれからこの男の行方を捜すとして、もしあのプランターに入ってたら無駄足でしょう？」

男が笑う。僕もつられて笑う。テーブルの上のストローの袋のカスが、苦しげに歪《ゆが》んでいる。

「ですから、ちょっとね、調べてくれませんか」

僕は男の顔をぼんやり見る。明日になったら、忘れそうなほど特徴がない。

「……僕が？」

「そうです。もちろん、報酬は払います。……依頼主は、かなりの調査費を出す用意がありますから。簡単ですよ。部屋に行って、彼女が留守の間、プランターの土を少し掘り返せばいいだけです」

「……僕は彼女と知り合って間もないのに？」

「だからですよ。……親密になってしまったら、こんな依頼受けてくれないでしょう。だから私は、こんなにも急にあなたに声をかけたのです。彼女に会ってまだすぐのあなたに」

男がずっと僕を見続ける。

「もし死体があったら？」

「私に知らせてください。……でも、その方が彼女のためかもしれない。その死体はとても不都合だから、彼の会社の人間が、彼女の代わりに処理してくれるでしょう。……お願いできますか？」

「嫌ですね」

「ええ。でもあなたはやりますよ」

彼の目が細くなる。なぜかまた笑みを浮かべている。

「あなたは私に似ているから。退屈していて、不安定。……やりますよ」

僕は何も言わない。男が煙草に火をつける。今日の仕事が今終わった様子で。

「その男ですが、多額の借金があったみたいですね。だから不正に協力をした。……彼もあなたの事務所に相談していたら、助かったかもしれない」

「……同じですよ。別の何かをやったでしょう」

外は雨が降り始める。男が伝票をつかむ。

「最後に一つ。あの紗奈江という女性、実は有名人なんですよ」

僕は、また男の顔をぼんやり見る。

「あなたと彼女は、同じ中学に通っていたのでしょう？　すみません、実は、昨日からあなた達をずっとつけていました。……彼女は学期途中に転入してきて、すぐ転校していったはずですが。……彼女はその頃、すでに母方の苗字《みょうじ》を名乗っていた。……噂《うわさ》を聞いたことないですか？」

男が伝票を手に立ち上がる。

「日置《ひおき》事件。……知ってるでしょう？」

「……え？」

「彼女、あの事件の遺児なんですよ。……あの迷宮事件の」

ネクタイを、なぜ緩めなかったのだろう。

仕事も終わっていたのに。ネクタイ自身が、身体《からだ》をよじらせ、窮屈な姿勢でいるのを望んだように。探偵の男に見せられた、写真の男を思い浮かべる。前のこのスーツの持ち主だった、彼の意志だろうか。

3

彼女の部屋のドア。まだ新しいのに、廊下やフロアは汚れ、放置されているようなマンション。ネクタイを、緩めようとした手を止める。彼女は部屋にいるだろうか。いなかったら、僕は何をするだろう。

チャイムを押すと、しばらく間があり、彼女がインターフォンに出る。別に待ってなかったように。でもドアを開けた彼女は化粧をしている。胸元を開けた服を着、部屋が掃除されている。僕を見つめ、微笑《ほほえ》む。僕が来るのをわかっていた様子で。

不意に、僕は彼女に愛《いと》しさを感じる。昔飼っていた犬を思い出すみたいに。僕が投げたボールを、有り得ない跳躍力で、アクロバチックに、あの犬がキャッチした時感じたように。僕は犬を撫《な》でたみたいに、彼女を抱き寄せる。よくそんなことができたね、と褒めるみたいに。よく人間の一線を超え、男を殺し、プランターに埋めるなんてことができたねと褒めるみたいに。もちろん、僕はあのプランターに男は入ってないと思っている。でも、そう思っていた方が今はいい。

僕は彼女にキスをする。愛情を込めて。彼女の頭を撫で、身体をさわる。彼女は少し拒否の素振りをするけど、小さく声を出し、目を閉じている。馬鹿みたいに。馬鹿みたいだと思うと、なぜか自分が興奮していくのがわかる。なぜだろう。前まで、僕はこんな人間でなかった。セックスの時は、女性に気を遣うだけ気を遣い、快楽という本来の目的からよく外れていったのに。

ベッドの上で、彼女の服を全《すべ》て脱がす。彼女が恥ずかしくなることだけを、選んでする。僕は彼女の身体を点検するように扱う。乱暴にではなく、褒めながら、丁寧に。彼女は昨日より濡《ぬ》れている。喜んでいる、馬鹿みたいに。僕は彼女を愛しく思う。よく人間の一線を超え、男を殺し、プランターに埋めるなんてことができたね。どうしたの？　これは？　気持ちがいいの？　恥ずかしくないの？　こんな風になって？　いいいいいいいいいいいい

僕に近づいてきたのは、何か意図があったの？　可愛《かわい》いよ、すごく。殺したいくらい。

セックスを終えて、僕は仰向けになる。彼女が、僕に身体を寄せてもいいか迷う素振りをする。わざとらしく。僕は彼女を抱き寄せる。彼女は背を曲げ、胎児みたいに目を閉じようとする。

「さっき探偵に会ったよ」

僕は突然そう言う。こんな風に切り出すつもりはなかった。僕はさっきから天井の木目を見続けている。もしかしたら、意外なことがしたいと思ったのかもしれない。自分を置きたいと思ったのかもしれない、これからどうすればいいか、何の見込みもない、危ういフワフワとした感覚の中に。日常の、予定調和から外れるように。もし本当に彼女が殺していたら、僕はどうするのだろう？

「行方不明の男を捜してるんだって。君の男だよ。写真も見た。あのスーツを着た」

少しだけ、愉快な気持ちになる。僕はどうしたのだろう。

「探偵はね、君の部屋のプランターの中に、あの男が入ってるんじゃないかって言ってたよ。君が殺したんじゃないかって。それで調べろと言うんだ。俺に。君の留守の間に。すごいだろう？」

僕は彼女を見る。彼女が、真剣な表情で僕を見返している。

「……見る？」

彼女がそう言う。僕は、そんなはずはないと思ってるのに、少し鼓動が速くなる。

「……いいよ。入ってるわけないし」

「見る？　見てくれた方がいい」

彼女が服を着始める。これほど行動的な彼女を、初めて見る。カーテンを開け、窓を開ける。僕は彼女の後ろについていく。ベランダに、白いプランターがある。不自然に大きい。

「これ、スコップ。……見てる？　それともあなたが掘る？」

彼女が笑みを浮かべる。細い目をさらに細めて。彼女が生き生きとしてくる。

「いいよ。……君が掘って」

彼女がスコップを土に刺す。隣の部屋から、テレビの音が漏れてくる。震災の復興利権を、政治家達が争っている。チェスの駒《こま》のように。スコップの銀色の金属が、柔らかな土をすくう。彼女は熱心に掘っている。スコップの金属は何の光も反射していない。土が黒い。

プランターの中には、何も入っていない。土しかない。

「……やっぱり」

僕は小さくそう言う。期待外れと安堵《あんど》。

「でも、埋めようと思ってたの。本当は」

彼女がスコップを握りながら言う。彼女はスコップが似合う。

「私を、よく怒鳴るようになったから。暴力はなかったけど、怖かったから。あの人の変な部分に、いつか巻き込まれるんじゃないかと思ったから」

彼女がプランターの土を戻す。丁寧に。

「もともと観葉植物は好きだし、プランターを買ったの。殺すとか、そんな勇気ないけど、……何かあったら、埋めれるかもしれないって、少し冗談みたいに、大きめを買ったの。でもこれは小さい。これじゃ入らない」

確かに改めて見ると、人間を入れるには小さい。

「だけど、突然来なくなったの。いつも土日はこの部屋で過したのに。彼の会社の人達が来て、捜索願はこっちで出すからと言ってきた。もしかしたら、怖くなったのかもしれない。私にいつか、とんでもないことをするんじゃないかって。でもよかった。どこかに行ってくれて」

君が彼の変な部分を刺激したんじゃないか？　とは僕は言わない。君が彼の奥の何かを刺激し、パンクさせたんじゃないかとも。

「つまり、殺そうとは少し考えたんだ」

「かもしれない」

「悪いことだよ、とても」

「……ごめんなさい」

僕は彼女を抱き寄せる。そう考えたのを褒めるように。彼女はごめんなさいともう一度言い、なぜか笑みを向ける。何かを企《たくら》む様子で。彼女は一体何だろうと思いながらも、僕は欲望を感じている。彼女を駄目にしてやりたいと思う。支配されようとしているのが、自分であるのに気づく。

彼女の服をまた脱がしながら、日置事件、と不意に思う。彼女はその遺児。本当だろうか？　僕は彼女の口に舌を入れる。少し強く。

日置事件。

この事件は、再逮捕、再勾留《こうりゅう》の違法性を問う事例のモデルとして、司法試験の問題集にも記載されていた。一九八八年に起きた、迷宮事件。僕が十二歳の時。マスコミ用の言葉で、折鶴《おりづる》事件とも呼ばれていた。僕は事務所にあった青い簡単なファイルを、そっと開く。

4

東京都練馬区の民家で、日置剛史《たけし》（45）とその妻の由利《ゆり》（39）、そしてその長男（15）が遺体となって発見された事件。長女（12）だけが生き残った。

当時、民家は密室の状態だった。玄関、窓、全《すべ》てに鍵《かぎ》がかけてあった。ただ一箇所、トイレの窓だけ開いていたが、換気用の小窓で、小さな子供しか入れない。

一家心中の線で捜査が開始される。だが夫、妻、ともに鋭利な刃物での刺殺で、長男は激しく殴打《おうだ》された上に毒を飲まされての致死と判明した。現場に凶器はなかった。夫、妻、ともに自ら刺した跡はなく、いずれも第三者から首を切られた形跡。夫にも、長男と同じく無数に殴打を受けた跡。それは鈍器などによる損傷ではなく、明らかに、人間の拳《こぶし》によるもの。かなり巨体な人間からと思われ、左利《き》き。夫も妻も長男も右利き。長男は痩《や》せた小柄な体型。殴打痕《こん》の拳の幅も、家族の誰とも一致せず。

よって外部侵入の線で捜査。しかし部屋は密室。何らかの手段で合鍵を手に入れた者の犯行という見方だが、玄関はチェーンで施錠されていた。

犯行現場になったリビングのテーブルに、不自然な指紋が二箇所。妻の由利は奇麗好き、若干の潔癖症で、テーブルは毎日しっかり布巾《ふきん》で拭《ふ》かれていたと思われる。同じくテーブルに、一本の毛髪も発見される。家族のものではない。

長女は、当時睡眠薬を飲まされている。外で知らない男から瓶を渡され、それを部屋で飲み、眠る。両肩につかまれたような痣《あざ》。瓶の容器と彼女の体内から、睡眠薬の反応。

事件の数ヶ月前から、下校途中の児女が見知らぬ男に瓶を渡される事件が十数件発生している。その瓶は当時自動販売機で売られるようになっていた、ボトル瓶タイプのジュースと同じものが使われていた。蓋《ふた》にもそのジュースと同じロゴ。渡された児女達のうち、捨てずに飲んだ数名が睡眠薬の作用で眠っている。

警察は、その男が何らかの事情を知っているものとして、長女や児童達の協力で似顔絵を作成する。しかしサングラスとマスクをした似顔絵で、目ぼしい情報が集まらない。

妻の由利は刺殺されていたが、衣服を身につけていない状態。

犯行現場には、遺体を飾るように、無数の折鶴が散乱していた。特に妻の由利の遺体は、その折鶴で埋まっている。その数は全部で三百十二個だったと言われている。指紋の付着がない。

事件から一ヶ月後、近くに住む無職、渡利辺敦志（25）という男が重要参考人として事情聴取される。渡利辺が事件当時、日置家周辺を歩いていた目撃証言があること、事件の一週間前に日置剛史と駅構内で言い争いをしていたこと、部屋から児童達に渡されたものと同種の睡眠薬が見つかったことが明らかになる。どのように密室の民家に侵入したか不明で、指紋と毛髪のDNAも犯行現場で見つかったものと異なるが、警察は半ば強引に逮捕に踏み切る。

だが逮捕当時から、マスコミでは冤罪《えんざい》が囁《ささや》かれる。挙動不審、素行も横暴な渡利辺は、あのような密室での犯行を演出し、折鶴で現場を飾る犯人像とはかけ離れていた。

勾留請求、勾留の延長、釈放後の再逮捕にまで及ぶが、起訴にまで至らず。事件は次第に迷宮入りする。

迷宮事件の裏には、大抵警察の初動捜査のミスがある。でも、これは初動捜査を妥当に行なっても、果たして解決しただろうか。わけがわからない。僕はよく、この犯人像を思い浮かべた。

どのようにやったのかわからないし、目的も不明だけど、密室に入り込み、自分の、恐らく個人的な何かを達成し、何の責任も負わず切り抜けたその行為を、鮮やかだと思った。Rがやったのではないか、僕の代わりに。小さい頃、テレビの報道を見ながら、よくそう思った。なぜなら、その事件の光景は、僕が望んでいたものだったから。空想の中で、父も、一応母と呼んでいた女も死に、僕も死ぬ。自分の全てを終わらせる、火花のような黒。折鶴の代わりに、Rは何をまくだろう。全てを終わらせたその現場を祝福するように。でも、中学生になると同時に、その空想も徐々に消えた。日置事件は実際の事件で、Rは架空の存在だった。

指定されたホテルのロビーで、探偵の男を待つ。僕は、今日もあのスーツを着ている。小さな余震で、突然辺りが揺れる。誰も反応しない。ロビーにいる人間達は、みならうらぶれている。

探偵の男が歩いて来る。時間に遅れてないのだから、小走りになる必要はないと示す様子で。笑みを向けている。僕を苛立《いらだ》たせる笑み。

「さっき、揺れましたね」

男が、煙草《たばこ》に火をつけながら言う。

「何ででしょうね、最近、地震がある度に腹が減って仕方ないんですよ。……私も、ちょっと不安なのかもしれない。別に命を惜しいなんて思ってないんですが。……まあ、こんな世の中ですからね。与党も野党も権力争い、官僚達も、上手《うま》く責任を逃れました。この国の正体がはっきりしましたね。それに」

「なかったですよ、死体なんて」

僕は、男の会話を遮断するように言う。男は笑みをやめない。

「ちゃんと見ました？」

「ええ」

「そうですか。なら、私の仕事も面倒になりますね。失踪《しっそう》したい人間を追いかけるなんて気が引ける」

男が封筒を取り出す。僕は断る。

「なんでです？　これは報酬ですよ。正当な」

隣の会社員風の男が、新聞を両手で持ち、首を曲げ、携帯電話を頬と肩にはさんで会話している。なぜだろう、僕はその、男の不快な首の曲げ方をやめさせたくなる。

「……道義的にひっかかるとでも？　男の死体の有無を確認し、探偵から報酬をもらう。……ふざけるのもいい加減にした方がいい。あなたはそんな真っ当じゃない」

男の笑みを見ながら、僕は封筒を受け取る。受け取りたくないのに。その金をもって、隣の男に話しかける自分を想像する。この金をあげるから、その首をやめてくれないか。頼むから。不愉快だから。

「いらないなら、駄目な使い方をすればいいですよ。新宿に立ってる外国人を買うとかね。20人は買えますよ」

また余震でフロアが揺れる。

「……日置事件のことですが」

僕がそう言うと、探偵の男の目が細くなる。待っていたように。

「彼女は、本当に？」

「ええ。報道では仮名《かめい》でしたからね。事件の後は母方の姓を名乗ってます」

「でも、そんな……」

「この国では毎日無数の事件が起きていますよ。それらの事件の関係者の数なんて、さらに膨大です。……でもあなたの場合、ただの偶然でもないんですけどね」

「は？」

「……いや、冗談ですよ」

探偵の男が笑い、僕をじっと見る。

「……わかりますよ。気になりますよね、あの事件は。あの頃は色んな猟奇事件が流《は》行《や》っていましたけど、何でかわかりませんが、あの事件には妙な引力がある。……たとえばあの殺害された奥さん、非常に印象的な顔をしていた。相当な美人というだけじゃない、男を駄目にするような、……何というかね。私は元々は刑事だったんです。現場の写真も見たことがあります。もちろんあの事件を担当してたわけじゃないですが、内部にいればね、見れるんですよ。あの奥さんの死体はね、変なことを言いますが、美しかった」

隣の男がいなくなっている。

「カラフルな折鶴に埋もれて、全裸で、何かの本質のようでしたよ。上手く言えませんが」

本質、という言葉がなぜか残る。

「あんなことをするなんて、相当な人間でしょう。冤罪になった、あんな単純な男じゃ無理ですよ。もっとこうね、根本的に歪《ゆが》んだやつだと思います。小さい頃から、きっと歪んでいた、根本的に、相当に。そして大人になってから大変なことをする」

僕は男を見る。でも彼は、濡《ぬ》れたテーブルをぼんやり見ている。

「あの事件には、マスコミもちょっと言えなかったことがありましてね。遺族のプライベートに関しての、何とも嫌な感じの……。生き残った長女、まあ紗奈江さんですが、彼女のパジャマから精液が採取されてるんですよ。……兄のね」

僕は男をもう一度見る。意味がわからなかった。

「……なら、兄が犯人?」

「それはないでしょう。殴られた跡が、ほら、その兄はほとんど撲殺されたようなものですし、父親の方にも、何度も殴られた跡があったでしょう? 相当巨大な人間からのものだったようですし。しかも左利きのね。父も兄も右利きで、彼らの頬や後頭部から皮膚片も採取されてるんですよ。二人のものとは別の」

気がつくと、フロアから人がいなくなっている。

「私はね、やっぱり睡眠薬入りの瓶ジュースを配ってたとかいう男が、怪しいと思いますね。ほら、有名な絵があるでしょう? サングラスとマスクの……。あいつがね、開いてたっていうトイレの窓からきっと入ったんですよ。関節でも外してね。……不気味だと思いませんか。大の大人が、パキパキと関節を外して、へビみたいに、トイレの窓から入ってくるんですよ。そうやって平和な家庭の中に入り込み、滅茶苦茶にした。まるでその密室が、この世界から自分だけに用意された、特殊な空間であるみたいに。長女を残したのは、見てみたかったからだと思うんですよ。あの奥さんみたいになるだろうその少女の将来の姿をね。捜査員達も皆、同じようなことを言ってまいいいいいいいいいいいいいいいいい、犯人が少女を殺すかどうか、かなり迷ったと見られる形跡があったそうです。だから、その男はまた紗奈江さんの元に来るかもしれない。折鶴を持って。……そんな風にも思いますよ」

探偵の男が少し笑う。

「あなたに確認してもらった行方不明のあの男が、そうだったら面白いとも考えたんですけどね、でも彼は事件当時十二歳です。とても無理ですな。……上手くいきませんね」

5

債務者達のために、金融業者へ介入通知書を送る。

弁護士事務所が介入するので、返済請求などの停止を要請する通知。今日事務所に来た債務者は、任意整理をしても借金の残金が残る。債務者は不満そうだった。自分の借金なのに。

「うちの顧客だった債務者が、強盗したそうだ」

加藤さんが、疲労した声でそう言う。

「任意整理で、せっかく少し過払い金が出たのに。それで引越して、職探すと言ってたのに。……もっと欲しくなったんだろうな。遊ぶには足りない金だったし」

僕は頷《うなず》く。興味もないのに。

「どうしようもない人間は、本当にどうしようもないんだよ。ぐにゃぐにゃなんだ、何というかさ。……参ったよ。警察が来るなんて。……俺あいつら嫌いなのに」

「加藤さん、昔刑事訴訟もしてましたよね」

「ん？　してたよ。でも金にならないんだあれは」

「……日置事件、詳しいですか」

加藤さんが、不思議そうに僕を見る。僕は机の上のファイルを手にする。何となくという風に。

「まあさすがに知っちゃいるよ。……有名な事件だし。起訴されたわけでもないのに、大勢の人権派の弁護士が群がってな。……馬鹿みたいだった。俺ああいう奴ら嫌いでね」

「その中で、誰かお知り合いはいますか？」

「ん？」

「いや、司法試験の論文に出るって噂《うわさ》があるんですよ。あの事例が」

加藤さんが、僕をじっと見る。

「知り合いというほどでもないけど……、ああ、確か名刺があったな」

加藤さんが自分の執務室に戻る。僕はついていく。

「これだよ。佐藤さん。若い頃少し世話になった。……でも会うほどのことか？　どうした？」

僕は名刺を受け取る。

「……はい。少し興味があって」

加藤さんが僕を見続けている。別にどう思われてもいい。

仕事を終え、事務所を出る。山辺の様子を見に行くのを、忘れていた。加藤さんは何も言わなかったけど、聞きたそうだった。僕は微笑《ほほえ》む。このまま放置してみたらどうだろう。加藤さんが我慢できず聞きにくるまで。

山辺の携帯電話の番号にコールする。まだ繫《つな》がることに、少し驚く。でも十回コールしても山辺は出ない。僕はメールを打つ。《急だけど、近くまで来てるし今日どう？　愚痴聞いてくれよ。あの事務所最悪だな》。送信ボタンを押す。

山辺は同期だったけど、神経質な男だった。弁護士を目指していたけど、その肩書きで自分のプライドだけは満足させたかったのかもしれない。陰鬱《いんうつ》で、人付き合いも悪かった。あまりしゃべらなかったけど、一度話し出すと、いつまでもやめなかった。閉鎖的な思考で、自分のプライドを保つために、他人の悪口ばかり言っていた。僕は彼とよく一緒にいた。何かのサンプル調査のように。

彼のアパートまで歩く。職場から十五分ほどの、近過ぎるくらい近い場所。確か一階の角部屋だと思い見ると、洗濯物が干してある。見たことがあるような、ないような、グレーのＴシャツ。

狂人でも洗濯をし、それを干すという事実に、なぜか僕は動揺する。そんなことはしたくないのに、僕は玄関のチャイムを押す。彼が出たら何を言うか決めてないのに。でも、彼は出てこない。携帯電話を見てもメールの返信もない。あるいは、僕が来たと思い、このドアにへばりついているのかもしれない。何かの一大事のように、敵が来たかのように。薄いドアにへばりつき、外の様子をうかがってるのかもしれない。いつか僕がそうなるように。

自分の部屋に帰ろうとしてやめ、彼女のマンションに向かう。自分の部屋に戻っても、僕はすぐ何かの音楽をかけ、何かの漫画を読み、何かのＤＶＤを観《み》るだろう。自分の人生とは全く関係のない、どのようなものでもいいから、何かのフィクションの中にいなければならない。沈黙は恐ろしい。

自分の人生と向き合う時間を少しでも減らさなければ、耐えられそうにない。自分の人生を、そうやってやり過ごさないといけない。

部屋に行くと、彼女は酒を飲んでいた。僕が来ると思わなかった様子で。

「来てくれたんだね」

彼女のほっとした言い方に、僕の中の何かが痛んだ。

「うん。……俺ももらおうかな」

僕はスーツを脱ぎ、ネクタイを緩め、グラスにビールを注ぐ。酒はあまり好きでない。

「君は、……働いてるの？」

何気なく言ったつもりだったのに、自分の言葉が尋問のように響く。

「私、離婚してるから」

彼女は大分酔っている。目がアルコールで濡《ぬ》れている。

「お金もらってるの。だから平気なの」

彼女に特定の男性が現れた場合、元夫の扶養の義務に影響するかもしれない。だから本当は、僕は隠れてこの部屋に来なければならない。念のために。

「このスーツの男ではなくて？」

「うん。彼ではなくて」

彼女がぼんやりテーブルを見る。

「……私、別にお酒が好きなわけじゃないの。……でも、飲みたくなる。素面《しらふ》でいたくないから。夜が近づいてくると、頭の中が耐えられなくなる」

僕は彼女から目を逸《そ》らす。彼女に気づかれないように。

「素面で自分と向き合えないから。……なのに、私はお酒を飲むと、他の人みたいに眠くなるのとは逆に、段々目が覚めて眠れなくなるの。それで眠れなくて困って、とても憂鬱になる。……まるで罰みたいに。素面でいることから逃げて、考えなかったことを遅れて考えさせられる罰みたいに。……だから来てくれてよかった。あなたが」

「わかるよ」

自分の言葉に含まれた親密さに、居心地が悪くなる。僕は彼女から目を逸らし続ける。

「……ねえ、もし私が、今みたいに酔って、どこかの雑居ビルの屋上にいたとして」

彼女がしゃべり続ける。とても酔っている。

「あなたに身体《からだ》を少し押してくれと頼んだら、あなたは押してくれる？」

「……それは、殺してってこと？」

「ううん、少し違う。……誰かに罪を着せるとか、そんなことはしたくない。……でも、そういう状況なら、事故にできるでしょう？　そういう、殺しても事故にできるような状況だったら、頼めるかもしれない。……とか」

なぜか鼓動が少し速くなる。

「……死にたいの？」

「そういうわけでもないんだけど……」

酔った彼女を見ながら、殺されたいんだろうとは言わない。君は日置事件の遺児だから死にたいんだろうとも言わない。君は一人の人間が自分の欲望を完全に解放した空間にいたんだから、それで死にたいんだろうとも言わない。

あの犯人が、いつか自分を殺しに来る幻影に怯《おび》えてるんだろうとも言わない。その恐怖の前に自分で終わらせたいのだろうとも言わない。たとえば、僕がその犯人かもしれないとも言わない。僕がその犯人の分身で、もしくはその犯人が僕に乗り移って、あの時殺し損ねた君を殺しにきたんだ、折鶴を持って、とも言わない。そんな嘘《うそ》は言わない。

僕はグラスのビールを飲み干し、また注ぐ。僕も酔うと目が覚めていく。

6

——これは、あなたについて書かれた本です。

片腕の男が、僕に一冊の本を渡そうとする。

——あなたの人生が書かれています。あなたの性質、あなたの秘密、人にちょっと言えないこと、人に絶対に言えないことが書かれています。あなた自身もまだ気づいてない、あなたの本性……読みますか。

片腕の男は、僕に本を差し出し続ける。さっきまで右腕だったのに、いつの間にか左腕になっている。

——しかも、これは真実です。読んだ人が、あなたに好感を持つような細工もされていない。いいいいいいいい。完全に生の、そのままの真実です。いかに大勢の人間の共感を得ることができるか、そんな共感競争からも逸脱した本です。

場面がいつの間にか、教室になっている。教師が僕を指している。僕は立ち上がる。

裁判の被告のように。

——言い訳をしてみてください。あなたの存在に対しての言い訳を。客観的に誰もが納得できる言い訳を。

立ったまま、僕は答えられない。左隣に座る人間が、僕を軽く肘《ひじ》でつつく。早く答えろという風に。右隣の人間からも、肘でつつかれる。僕は答えられない。後ろからも前からも、僕は肘でつつかれる。

——早く答えなさい。早く。

僕は下を向く。

——頼むから早く。何だかなあ君は。面倒くさいなあ。面倒くさいなあ。

目が覚める。ドラマみたいに汗をかいている。動悸《どうき》が激しい。

細部はいつも異なるけど、僕がよく観《み》る夢。誰かに尋問される夢。詰問《きつもん》される夢。

いつからか、妙な予感を覚えるようになっていた。別に変態的な性癖などないはずなのに、したくもない馬鹿な犯罪をして、自分が破滅するような予感。身体《からだ》を重くしていく憂鬱《ゆううつ》に、虫に侵入されたリンゴみたいに、全《すべ》てを損なわれていつか縊《くび》れ死ぬような予感。自分の性質と、これから予想される自分の人生を考えた時、とても耐えられそうにないという予感。自分の人生から、外れようと試みる。自分らしくないことを選んでやっていけば、少しはその予感を先に延ばせるのではないかとぼんやり考えた。でも、僕は何もできていない。いつもなら回避するタイプの現象を、進んで受け入れているだけだった。

最近、Ｒを思い出す。僕がまだ小さかった時、僕の頭の中にいた存在。周囲に誰も頼る人間のいない子供は、架空の味方を創《つく》り出す。何も、あの精神科医の治療で、Ｒがいなくなったとは思っていない。あの治療で、僕の陰鬱をＲが背負ってどこかに消えたとも思っていない。そんな子供が好むようなシナリオに、コントロールされるほど僕は幼くなかった。ただ年齢によるものだった。中学生になった時、Ｒは徐々に消えた。正確にいえば、考えなくなった。

でも時々は意識した。犯罪の報道を見たりした時。僕が中学校で徐々に友人をつくるようになった時に、Ｒはこの事件を起こしたんじゃないか。僕が周囲に明るい人間であるという演技をし続けている時に、Ｒはあの事件を起こしたんじゃないか。僕が高校生の時ガールフレンドと初めてキスをした時、Ｒはあんな事件を起こしたんじゃないか。もしくは、Ｒは僕を捨て、あの犯罪者の中に入ったのではないか。

遠くから、Ｒが僕に話しかけてきたように思ったこともあった。たとえば僕が初めてセックスをした十八歳の時。上手《うま》くやってるじゃないか。世界の中で順調に。こっちも5人殺したし、上手くやってるよ。心配しないでいい。

だけど、僕は順調でない。順調でいたいとも思っていない。エネルギーがなくなっている。年齢のせいだろうか。今ならRが僕に侵入するかもしれない。そうなったら愉快だろうか。待たせたね、という風に。やっぱり俺達は最高のデュエットだよ。さて、何をしよう？　あの女でも殺してみようか？

僕は微笑む。そんなエネルギーも、もう僕にはない。僕には何もない。何をしたいのかもわからない。

隣では、酔った彼女が寝ている。裸のまま、うなされている。夢の中で、折鶴を持った男に襲われてるのだろうか？　どんな風に襲われてるのだろう。僕は彼女を抱こうとする。折鶴を持った男のように。でも途中でやめる。彼女のうなされる声が、あまりにも悲しかったから。

7

予想とは違う、古びた雑居ビル。

加藤さんが昔世話になった弁護士なら、もっと大きな事務所を構えていると思った。約束の時間まで十五分ある。

僕は本当に、この佐藤という弁護士に会おうとしている。それほどまでに、日置事件を知りたいのだろうか。なぜだろう？　その遺児と知り合ったからだろうか。僕が昔憧《あこが》れた犯罪だからだろうか。動機もわからないまま、いつの間にか、僕は日置事件のことばかり考えている。ネットで収集した記事は、プリントアウトしてファイルに綴《と》じてある。図書館で過去の新聞まで読もうとしている。何が知りたいのだろう？　あの事件の謎《なぞ》だろうか。でも、それはなぜだろう？

雑居ビルの階段を上がる。泥のついた靴をはいた人間がいたのだろう、階段が土や砂で汚れている。四階まで上がり、ドアを見る。佐藤事務所。文字まで古びている。

こんなうさんくさい事務所に、誰が依頼しようとするだろう。彼が人権派弁護士だと、誰が信じるだろう。

チャイムを押すと、中から声がする。開けると身体の細い男がいる。老人といっていいかもしれない。猫が二匹いる。部屋の中も汚れている。

「ああ、停電だからね。……足元気をつけて」

僕は指された椅子《いす》を見る。猫が僕から離れていく。

「加藤君のところにいるんだよね？　んん。彼はどう？　君から見て」

男が僕に、何か飲み物を出そうとしている。手伝おうとする僕に、男はいいから座ってとは言わない。僕は自分の買ってきたお茶と菓子折を出す。

「んん、停電だからね、ありがたい。ではそれをいただくよ。喉《のど》が渇いてね。今は水道水も使いたくないし」

男が椅子に座る。僕も座る。

「で、どう。君から見て加藤君」

「よくしてくれています。優秀な方です」

「はは、嘘《うそ》だろう？　俗物だよ、気持ちがいいくらい」

瞼《まぶた》を閉じる回数が多い。チックかもしれない。ワイシャツを着てスーツのズボンをはいているけど、ネクタイはしていない。

「……で、日置事件について知りたいんだろう？　司法試験で」

「はい」

「嘘はやめた方がいい。調べてるんだろうあの事件を」

男が僕を見る。

「……君は、誰だ？」

男はしかし、僕をじっと見ることができない。瞬《まばた》きが多いから。

「……僕は、事件とは関係ありません。事件当時、僕は十二歳です」

「……本当に？」

運転免許証を見せる。男が少し息を吐く。

「ふうん。……つまらないな。なぜだろうか。私は君を見た瞬間、このドアから入ってきた瞬間、……あの事件の犯人が来たと思ったんだよ。面白くなると思った。……事件ばかりやってきた、職業病かもしれない」

僕は警戒し続ける猫をぼんやり見る。確かに、そうだったらよかったのに。

「……でも、司法試験は嘘だろう。なぜ調べている？」

「……僕にもわかりません」

こっちが聞きたいくらいだ、と僕は思う。僕は何をしているのだろう。

「……惹《ひ》かれたのかな。あの事件に。……わかるよ、君はそういうタイプかもしれない。ある種の謎は、人を惹きつけるからね。……あの事件は狂気じみてるけど、それを調べようと奥に入ることも、同じく狂気じみてるかもしれないよ」

遠くでサイレンの音が鳴る。

「私は、あの冤罪《えんざい》事件の担当弁護士と綿密にコンタクトを取っていた。様々に活動したよ。警察の強引な捜査が問題になっていた時期でもあった。不当逮捕をする国家権力への抵抗、人権を守るため……というのは表向きでね、知りたくなったんだよ。あの事件の真相を」

男が部屋の壁を眺めている。

「逮捕された渡利辺が犯人でないなら、誰が真犯人だろう？　そんなことは弁護士の仕事でないけど、私は調査したんだ。まあ、真犯人の影でもつかめれば、渡利辺が犯人でないのは明らかになるし、警察のミスも表に出せると理由づけしてね。……あの現場にはね、暴発と、内面の全部を吐き出したような、奇妙な達成感を感じた。この世界において、密室という隠れた空間で、自己を１００％解放して逃れ、また日常生活に戻った人間がいる。……鮮やかだった、あの現場は。……調査を続けたよ。少しおかしくなっていたのかもしれない。今の君みたいに」

　男が少し笑う。彼の声に嫌味はない。

「さて、どれくらい知ってる？　あの事件を」

　僕は自分が知っている事柄を全《すべ》て話す。遺児が近くにいること以外。

「ふうん。何も新しいことはないね。要するに、君の知らないことを教えればいいのだろう？　事件があった日置家の近くの公園で、幾つかの折鶴が発見されてるな。盛り上がった土の周囲に。その土の中身は鳩《はと》の死体」

　男がなぜか不意に手を動かす。

「でも、犯人がやったのかは不明だよ。鳩の死体は古いものだったけど、どこかの馬鹿が死んだ鳩をみつけて埋めて、事件を模倣したのかもしれない。日置剛史の職場の評判はよくてね、愛人がいた影もない。……奥さんの方もそうだよ。悪い噂《うわさ》もない。でも」

　部屋が徐々に暗くなる。日が傾いている。

「奥さんの自転車をね、夫の剛史が分解しているのを近所の人が見たことがある。……気の毒なくらい必死だった、とその目撃した住民は話してた。でも、当時付近で交通事故などの情報はない。あと、事件現場の日置家の風呂場にね、何かを燃やした跡があった。何を燃やしたのかわからない。灰も全部排水口へ流れていて、ただ焼けた跡だけがあった。不自然な」

男はテーブルに視線を移す。

「わけがわからなかった。わからないと思えば思うほど、考えずにはいられなくなったよ。なぜだと思う？……私はね、その奥に、わからないものの奥に」

男が少し笑う。しゃべり過ぎている自分に気づいたように。しばらく人としゃべっていないからしゃべり過ぎていると気づいたように。僕は彼の言葉を促そうと黙っていたけど、男は黙り続ける。僕は口を開く。

「……長女のパジャマの件は」

「うん、……それもわからないよね。兄のものが、だろう？　でも、事件当時、長女は乱暴された形跡はないんだ。肩の痣《あざ》だって本人にも覚えがない」

「ある人が言ってたのですが、犯人はトイレの窓から入ったのではないですか？　関節を外して」

「それは無理だよ。あのトイレの窓は、そういうレベルの狭さじゃない。人間が入ろうとしても、腰は絶対入らない。肋骨《ろっこつ》の幅でもね。……それに、あの事件は、知れば知るほどわからなくなる。まあ……、そのうち、君も気づくよ」

日がどんどん傾いていく。部屋はもう随分暗い。男の顔も見えない。

「あの事件から、私がおかしくなったっていう人間もいる。加藤君からも、そう聞かされてるのだろう？……まあ、小さなきっかけではあったかもしれないけどね。……人間には、色んなパターンがあるだろう？ たとえば私みたいなケース。二十代で夢を持ち、三十代でそれをある程度叶《かな》えスタートラインに立ち、でも次第にその業界に失望していく。……そして四十代で馬鹿になる。もしくは馬鹿である振りをする。精神を安定させるためにね。……自分がどんどん駄目になっていく中で、日置事件のことばかり考えていた。あの犯人から、存在としての自分がどんどん遠ざかるのを悔やむように。今の私はもう、あの事件を追う資格はないんだ。もう私は終わった人間だから」

部屋がさらに暗くなる。影でもう見えないが、男はまだ瞬きをし続けてるだろうか。

「この事務所が汚くて驚いてるだろう？ でもそれには理由があるんだ。私にはもう事務所は必要ないから。今はいくつかの企業の顧問をしている。これはインサイダーになるか？ これは証券監視委に目をつけられるか？ 怪しげなベンチャー企業の社長達の質問に答えてるよ。今の私は、自分のささやかな収入を守るために、下から上がってくる若い弁護士達を全力で潰《つぶ》そうとする、無意味な怪物なんだ」

男が小さく笑う。笑うしかないという風に。

「君があの事件を追う理由を教えようか。あの事件の奥に、あの謎の奥に、君は自分を見ているのだろう？　自分の中の得体の知れない部分が、奇妙にもあの事件に反応する。それならば、その事件の真相に近づけば、自分の中のその得体の知れない部分もわかるというように。いつか自分を駄目にするはずの、自分の核心」

「……それが、さっきあなたが言おうとしたことですか？　ご自身について」

男が沈黙する。僕は立ち上がる。

「君は、もう二度と私に会おうとしない。……違うか？」

「いえ、またお伺いしたいと思います」

「嘘は言わなくていい。君は、もう私に興味がないのだろう。この無意味な男に。ただしゃべり続けているような老人に」

部屋が静かになる。二匹の猫は、部屋のどこかで僕達をじっと見ているだろう。

「君は今三十四歳だな。さっきの免許証を見る限りでは。まだ青いな。青いよ」

僕は頭を下げ、部屋を出る。無駄な時間と思いながら。

8

二日後、佐藤事務所から封筒が届く。この事務所の住所で、僕宛《あて》に。あの時渡せばよかったのに。それとも、僕の帰るタイミングが早かったのだろうか。

この事務所内で、封筒は開けたくない。バッグにしまう。仕事が終わると加藤さんが近づいてくる。僕を飲みに誘う。断る隙《すき》を与えない。

店内には大勢の客がいる。音楽がうるさく、隣の声は微《かす》かにしか聞こえない。加藤さんは好きなだけ飲めと言い、意味もなく笑う。加藤さんの雑談に、僕はついていかない。僕は沈黙で、彼の本題を促す。加藤さんは何気なくという風に用件を切り出す。でも声のトーンを落とす。

「契約の子達には、全員辞めてもらうことになる」

この店は、事務所から二駅も離れている。

「で、正社員も、二人ほど辞めてもらわないといけない」

僕はビールを飲む。飲みたくもないビール。聞きたくもない話。

「……事務所の収支は、順調と聞いてますけど」

「うん、順調なうちに、対策を練らないとね。これからは、債務整理での利益は減っていくから。事務所の規模を小さくしないと」

店内はずっと騒がしい。誰も僕達の話を聞いていない。

「全ての職員の給料を減らして、雇用だけ確保するわけには？」

「うん。そうできればいいんだけどね、全部俺が悪いんだよ。俺がもっとしっかりしてればね」

本当に悪いと思ってるなら、他の方法を考えませんかとは言わない。景気がいい時に人を増やし、悪くなれば切るなんて凡庸な経営者みたいですねとも言わない。

「……どうしてその話を僕に？」

「うん」

加藤さんは、申し訳なさそうに顔をしかめる。そんな風に思ってないのに。

「契約社員は、元々更新制だし辞めさせられるけど、正社員はそうはいかない。希望退職を募っても、それには条件がいるだろう？　彼らが納得する、結構いい条件が。

……そんな体力はうちにないんだ。できれば、自発的に辞めてもらいたい。……木塚と高岡にね。それで、新しい弁護士を雇おうと思ってる。残る社員は君と原西だけ。君が俺の秘書に、原西が新しい弁護士の秘書に。……そうしたい」

僕は煙草《たばこ》を吸いたいと思う。でも、加藤さんの選んだ席は禁煙だった。

「……つまり、一応は彼らの上司の僕に、木塚と高岡のミスをチェックするのをやめろというわけですか。それで問題を起こさせて、彼らを辞めさせると」

「そこまで言わないよ」

加藤さんが苦く笑う。

「ただ、彼らに何かのミスがあったらね、……いつもみたいに君が独断で処理するんじゃなくて、毎回俺に報告してもらいたい。俺は彼らを注意することになるんだけどね、うん、何度も、ちょっと嫌な感じになるんだけどね……。それで、君も今までみたいに彼らに優しくはしないで欲しい。やんわり気づくだろう、彼らも」

「いづらくさせる、ということですか。もし彼らが不当解雇で訴えたら」

加藤さんが笑う。今度ははっきりと。

「何を言ってる？　俺は弁護士だよ。そういうのは上手《うま》いんだ」

それでは、彼らは会社都合の退職ではなく、自主的な退職になってしまう。失業保険にも影響してしまう。

「せめて、会社都合の退職にしてもらえませんか。失業保険のこともあるし……。彼らが退職金に満足いかなくても、この事務所を訴えないようにさせますから」

「うん。そうなれば一番いいけどね。でも、失敗したくないんだ。俺のやり方もあるしね」

「……木塚には、妻も子供もいます」

加藤さんが、僕をぼんやり見る。

「お前さ」

「はい」

「お前、そういうタイプだっけ？」

タイプ？　僕は驚く。隣のテーブルの人間達が、僕達とは無関係に笑う。タイプ？

何だろう。僕はどういうタイプだっけ？

僕は薄く笑う。ポケットの中で、右の指を使いデジタルレコーダーのスイッチを切る。こんな時のために、僕はいつもこれを持っている。最近のは小さくて便利だ。

「……言ってみただけですよ。僕は彼らをそんな好きじゃないですし」

加藤さんが笑う。彼の顔にはツヤがある。

「……ああそうだ、……佐藤さんはどうだった」

興味もないのに、彼は聞く。この話だけじゃ気づまりだから。

「お元気でしたよ」

僕はそう言う。

「美人の秘書が二人いました」

「……へえ」

彼は不満そうだ。本当は猫なのに。

帰り道。僕は少し酔っている。酔う振りをしていたはずなのに。デジタルレコーダーを取り出し、耳に当てる。微かな雑音に、はっきりとした加藤さんの声。彼が遠くの居酒屋を指定した時から、こんな話だろうと思っていた。

今日は彼女の部屋に行かない。僕は毎日、行き過ぎていた。でも、一人で部屋にいる自信はない。僕は酔っている。眠れる自信もない。

鼓動が不意に速くなる。マンションの入り口に、男が立っている。あの行方不明の男が、立っている。神経質そうな、写真の男。僕はその場に立ったまま、男を呆然《ぼうぜん》と見る。男も、僕を見続けている。

マンションの前の細い道を、車が二台通過していく。なぜ僕のマンションを、と聞くのは無駄だった。彼はずっと、僕達を見ていたのだ。どうして僕に、と聞くのも無駄だった。間違いなく彼女に用があるのだから。彼女に用があるけど、僕がいる今の状況はややこしいから、直接僕に会いにきたに違いないから。

結果的に、長い沈黙になる。彼は僕のスーツをじっと見ている。少し前まで、彼が着ていたスーツ。彼はシワの目立つシャツとジーンズを身につけている。何かの抜け殻のように。

「……近くにバーがあります。そこに行きましょう」

長い沈黙の中で、僕はいきなりそう言う。男はまだ僕のスーツを見ている。

「……できれば、人目につきたくないのです。あなたの部屋などは?」

何を言ってるのだろう。こんな目立つ場所に立っていたのに。

「……もしあなたが僕の立場だったとして、……自分の部屋に入れますか? よく知らない人間を。しかも行方不明のはずの人間を」

男が小さく笑う。なぜか満足そうに。

「……確かにそうですね。私だったら、こんな男は部屋に入れません」

9

薄暗いバー。客の誰もいない暗がりの空間が、誘うように見える。カウンターの奥の席の、さらに奥のテーブルに座る。

僕はビールを、男はウイスキーを注文する。男は酔うつもりかもしれない。

「……似ていますね。とても」

男が、僕を見て言う。窓の向こうから、サイレンの音がする。確かに、僕と彼は似ていた。顔というよりは、雰囲気のようなものが。写真を見た時から、そんな気はしていた。

「……紗奈江さんに、会おうと思って来ました。でも、……会ってどうしたいのか、わからないんです」

男がウイスキーに口をつける。本当に、どうしたいのかわかっていないのかもしれない。表情が、定まっていない。何かの決断や、覚悟の気配もない。なのに男は口を開く。

「もしかしたら、彼女を殺そうと思ってるのかもしれませんよ。一人で死ぬのは嫌ですからね」

「……でもそうなら、なぜそれを僕に言うんですか？　誰かに言えば、邪魔されてしまうのに」

男が驚いたように僕を見ている。もしかしたら、本当に驚いてるのかもしれない。

「本当だ。そうですね」

男が頷《うなず》く。

「言わない方がよかったですね、……あなたの言う通りだ。何で私は言ったんだろう」

男がウイスキーのグラスをぼんやり眺め、口を開く。

「失礼ですが、逃亡生活をしたことは？」

「ないですね」

「それはよかった」

そう言いながらウイスキーを飲み干し、また同じものを注文している。男がアルコールで沈下していくように思う。僕達とは違う場所に。僕達とは違う層に。

「もし彼女が幸福でいたなら……、会わないでしょう。巻き込むのは申し訳ないですから。でも」

男が僕を見る。僕を見れば全《すべ》てわかるという風に。

「どうやら、彼女は幸福でないらしい」

長い沈黙。僕は何を言えばいいのかわからない。彼の言葉は当たっている。

「だから、彼女との約束を果たそうと思いまして」

「……約束?」

「はい。殺す約束です」

客の来る気配もない。店内は静かだ。

「それは彼女が言ったのですか」

「正式には、言われてませんよ。……ただ、感じていました。一日ごとに。私が失踪《しっそう》する直前の頃は、一時間ごと、一分、一秒ごとに。殺してくれと。今なら、私も覚悟ができています」

男が僕をぼんやり見る。

「あなたも、彼女からそう感じることがあるでしょう? どうです、覚悟はおありですか」

彼女の、雑居ビルの屋上の話を思い出す。罪を着せない状況でなら、頼むことができると彼女は言った。

「何の話かわからないですが」

「……彼女は折鶴事件の遺児ですからね。色々と」

「何か聞いてますか」

男が不意に笑みを浮かべる。食いついた僕を嘲《あざけ》るように。

「残念ながら、何も。ただ、うなされてましたね。週に一度は。大きなもの、とか言いながら。……あの事件をやったのは、化物でしょう？　この世界に稀《まれ》にいる、大抵の人が出会うことなく一生を終える、本物の化物。……そんな化物が欲望を解放した側《そば》にいたのです。それはダメージというより、彼女の身体《からだ》のどこかを抉《えぐ》り取るほどの経験だったと思いますよ」

男がまたウイスキーを注文する。

「彼女は地獄にいるのかもしれない。なぜ彼女が地獄の中で、我々みたいな男を必要としたのかわかりませんが。殺して欲しいという単純なものでもないような気もします」

「それなら」

「ええ、でもそれが何なのかわからないから、せめてね」

彼は酔い続けているが、その加減は一定になっている。そこが彼の本来の場所というように。

「……人を殺せば、もう後戻りできないですよ」

「でしょうね」

「自首すればいい。そうすればもう逃げなくて済む。……今ならやり直せる」

男が笑う。はっきりと。

「すごいな。あなたからそんな言葉が。全部わかってるくせに。……人生はやり直せる。当然です。やり直せない人生などない。問題は、私にその気がないことです。やり直せるかどうか、そんなことじゃないのですよ」

「でも逮捕されたら？」

「その時は死ぬでしょうね。どんな手段を使っても。檻《おり》に入ってまで生きたいと思うほど、生きるモチベーションは高くないので」

男が視線を向ける。僕のほとんど減ってないビールに。

「私は彼女を殺して、自分も死のうと思っている。問題なのは、それをあなたに今言ってしまったことです。……どうなるんでしょうね、この状況」

男が笑う。でも突然表情がだらける。虚《うつ》ろな目。やや開いた口。

「でも、どうせ殺すなら。……こんなのはどうでしょう。誰か人間をたくさん雇って、彼女を襲わせるんです。性的に」

男の表情は変わらない。

「それを、私はどこかで隠れて見ている。自分が愛した女性が、損なわれていくのを。……私は虫のように這《は》いつくばって、一生懸命、それを覗《のぞ》き見るのです。たとえば、何かの家具の裏に隠れて、床に頰をつけ、その家具の下の隙間《すきま》越しに見るみたいに」

突然僕を見る。

「それか、あなた達のセックスを、私に覗き見させてもらうとかね……。あなたのやり方に対して、隠れて見ている私が、そうじゃないんだ、彼女はそうではなくて、もっとこうした方が喜ぶのにと悔しがったりしながら。……もしくは、私よりもあなたの方が気持ちいいと喘《あえ》ぐ彼女に対して、屈辱と憎悪《ぞうお》を感じながらも同時にあなたへの憧《あこが》れを抱き、あなたとの同化を切に感じたり……。どうでしょう。それなら、私は彼女を殺さないで済むかもしれない」

狂ってるのではないのだろう、と僕は思っていた。ただ、終わっているのだ、彼の中の大部分が。

「あれ……、うん、そうか。もしかしたら、私は……」

不意に男がそう言う。

「何です？」

「……いえ」

男が何かを考え込んでいる。彼をどうしたらいいか、僕にはわからない。

店の静寂の中に、自分が同化していくように感じる。僕は席を立つ。

「すみません、ちょっとトイレに」

店の時計を横目に見る。男から陰になってるのを確認し、レジにある店のカードを手にする。

それほど飲んでないのに、僕はやはり酔っている。洗面台で顔を洗い、トイレの個室に入り、探偵にメールを打つ。《あの男と飲んでます。場所は――》。携帯電話をポケットに入れておいてよかった。探偵の男から、すぐ返信が来る。《十五分で行けます》。近くにいたのだろう。彼なら、一人で来る馬鹿な真似《まね》はしない。

テーブルに戻ると、男が薄く笑っている。僕は口を開く。猶予《ゆうよ》を与えるように。

「……自首を勧めます。経理の不正なんて、状況次第ですぐ出られますよ。……あなたの借金も、弁護士に相談すれば」

「嫌ですね。さっきも言ったでしょう？　実はそんな時のために、薬も用意してあるんです」

男がテーブルの上の錠剤をさわる。出しておいたのだ、僕のトイレの間に。男が僕のビールを見ている。

「さて、私はこれを、そこに入れたかもしれない。……あなたが死ねば、私もやりやすいと気づいたのかもしれない。……どうですか、飲む勇気がおありですか」

男が僕を見る。真剣に。これから起こる場面の全てを味わいたいという風に。贅沢《ぜいたく》な悪でも観賞するように。

「この錠剤は、異物ですね。溶けていく液体の外観を変えないまま、無色透明に広がり、侵食し、全てを毒に変える。……なかなかいいでしょう？」

僕は酔っている。このビールの中に、錠剤など溶けていないと思っている。そう思う理由はない。でも決めている。

グラスを持った時、動悸《どうき》が速くなる。でも、何かが、僕の中に広がっていく。温かく、身体に沁《し》みるような温度。こんな不確かな確信に、自分を預けることへの温度。どこかへ遊離していく温度。こうやって自分を蔑《ないがし》ろにすることで、人生というものを馬鹿にする温度。僕は笑みを浮かべている。自分を止めるつもりがない。別に死にたいとは思ってないのに、自分を止めるつもりがない。グラスに口をつけ、傾ける。ビールが唇につき、隙間から流れ込んでくる。僕はまた温度を感じる。これはビールの味じゃないと思いながら。まとわりついて甘いと思いながら。喉《のど》へ流し込んでいく、ゆっくり、確実に。僕は笑みを浮かべている。液体が胃の中へ沈んでいく。

でも、僕の身体に変化はない。僕の人生にも。この店にいる。僕という自我で。

「はは、驚きましたね。飲むなんて。……何も入ってませんよ。安心してください。いや、残念でしたでしょうか……。あなたはやはり、駄目なようですね。それとも」

男が薄く笑う。

「私をはめたんだから、これくらいの賭《か》けには乗ろうと思ったのか。……呼んだんでしょう？　彼らを」

男が錠剤をポケットにしまう。胸が騒いでいく。

「……わかりますよ。それは仕方ないことです。だって、こんなどうしたらいいのかわからないやつ、私だって困りますから」

「……どこへ行くんです」

「逃げますよ。そして隠れます。……私は彼女を殺すでしょう。一人で死ぬのは嫌ですからね」

男と視線が合う。数秒のようだけど、数分くらいに感じる。

「……どれくらいで来ると言ってましたか」

「一時間くらいです。……これからあなたと一時間いるのはきついですから、良かったですよ、バレて」

「なら三十分ですね。意外と早いな」

立ち上がる男を、僕は呼び止める。時計を見る。あと五分。

「逃げる前に、一つだけ聞かせてください。……あなたは、なぜ彼女と親密に？」

男が立ったまま僕をぼんやり見る。

「高校の同級生だったんです」

「は？」

「……でもその頃は、ほとんど面識はなかったです。彼女は転入してきて、すぐ転校していきましたし。……でも再会して」

高校の同級生？　僕の場合と似ている。どういうことだろう。

「再会して、それでなぜ親密に？」

僕の言葉に、男は考え始める。

「言われてみれば……、なぜでしょう。わからないですね。気がついたら、私は彼女と……」

　僕の動悸はずっと速い。男が背を向け、店を出ていく。振り返ることもなく。

　ドアの向こうで、物音がする。誰かが壁にぶつかる音、誰かが抵抗する音、誰かが取り押さえられ、諦《あきら》める音。僕は煙草《たばこ》に火をつける。煙が不規則に上がっていく。探偵の男がドアから入ってくる。ドアの向こうから、人間の靴音がいくつも遠ざかっていく。

「ありがとうございました。これで私の仕事も終わりです」

「……どうしたらいいのか、わからなかったのです」

　僕は正直にそう言う。どうしたらよかったのだろう？　ああいう男を。

「……そうでしょうね。でもみんなそうですよ。どうしたらいいかわからない」

　ついでのように、男が店の会計を済ませ始める。僕は自分で払うと言う気力もない。

10

自分の部屋に戻る。ベッドやテレビの他に、本やＤＶＤの棚。

壁を背に絨毯《じゅうたん》に直接座り、煙草に火をつける。酔っているだけでなく、疲れている。眠れそうにもない。スーツを脱ぎ、ハンガーにかける。あの男がぶら下がっているように見える。彼はこうやって、これからも僕を見続けるのかもしれない。バッグには、佐藤事務所から送られた封筒がある。

中身はＵＳＢメモリと、一枚の紙。紙は手紙ではなく、どこかの精神科のホームページを、プリントアウトしたものだった。最後には、ここに行けという嫌味だろうか。謎《なぞ》の中に入り謎の中で窒息した時、世話にでもなれと。

パソコンを起動させ、ＵＳＢメモリをセットする。中には二つのファイルがある。画像ファイルと音声ファイル。動悸《どうき》が、微《かす》かに速くなる。僕は画像ファイルをクリックする。

日置事件の、現場の写真。圧倒的な色彩に、僕は驚く。リビングにちりばめられた、無数の折鶴。白や赤、青、黄、緑、黒の折鶴。その中で、埋没するように三人が倒れている。食器棚の横に、うつ伏せのパジャマの男。これが日置剛史だろう。ハシゴを登る途中で凍りついたような姿勢をしている。ソファの横に、同じくうつ伏せの痩《や》せた少年。兄だろう。彼らの周囲の折鶴の配色は、控えめにされている。窓の近くに、女性の裸の身体《からだ》がある。口をわずかに開き、死んでいる。妻の由利という女性。僕は息を飲む。確かに、彼女は美しい。

胎児のように横になり、目を閉じている。その裸の身体の上に、折鶴が、斜めの縞《しま》模様をつくっている。まるでその身体の周囲を折鶴がぐるぐる回るように、螺旋《らせん》で守るように。赤と黄と白を基調とした色合いは鮮やかで、まるで部屋の隅のその箇所が中心であるかのようだった。血痕《けっこん》はない。恐らく全《すべ》て折鶴で隠されている。部屋の全体が、思い出せない夢を突然面前に見せられたような、不安な色合い。波を打ち、渦を巻くような、恐怖の奥の美を表現するような色合い。三人は眠っているようにも見える。陰惨さを排除したその色の美しさは気味が悪い。画像の中心を見ていても、目が部屋の隅へ、妻の由利の身体へ流れていく。不自然に揺れるその視線の移行に、なぜか不安になる。僕は嫉妬《しっと》を感じている。由利の身体を、性的に見ている自分に気づく。僕はそんな人間ではない。彼女が美しく、眠ってるように見えるからといって、それは死んだ身体だった。僕は死体に性的な感覚を覚える人間ではない。僕にそんな趣味はない。画像のウインドウを閉じる。喉《のど》が渇いていく。

音声ファイルを開けると、雑音が続き、やがて声が聞こえてくる。ボリュームを最大にしても、音が小さい。僕はパソコンに耳を近づける。盗み聞きするように。

——眠る前は、何をしてたの？

——……。

——ゆっくりでいいよ。うん、大丈夫だから。

——……いつもと同じ。テレビ見た。

——何の？

——……わかんない。怖い。

質問する男性に、答えようとする少女。この声は、恐らく佐藤弁護士だ。声は長女、子供の頃の紗奈江。

——それで、瓶ジュースを飲んだ？

——……うん。

——どうして？　噂《うわさ》になっていたはずだよ。危ない水を渡すおじさんがいるって。それをどうして飲んだの？

——……。

——ああ、怒ってるわけじゃないよ。なぜ飲んだのか知りたいんだ。

——喉が渇いたから。

——危ないとは思わなかったの？

——飲んで欲しいって言ったから。

——……誰が？

——ウサギ。

しばらく間が空く。僕はさらに耳を近づける。

——……つまり、瓶にプリントされていたあのウサギの絵が、君にそう言ったの？

——……わからない。

——それから眠ったの？

——うん。

——なら、覚えてないんだよね？

——うん。

——では、あれは何？　君がうなされる時、呟《つぶや》く言葉。……**大きいもの**。これは何かな？

――……。

――ゆっくりでいいよ。

――怖い。

――……紗奈江ちゃん？

――怖い。怖い。

音声はそこで終わる。僕は自分が息を止めていたのに気づく。事件当時、長女は世間の同情の中にあった。

朝起きて、階段を降りて、あの現場を見た。長女は電話を警察にではなく、祖父母の家にかけた。祖父母が警察に連絡し、彼らも新幹線に乗り駆けつけようとする。警察がドアを破り、現場を発見する。長女は二階の自分の部屋の押入れにいた。隠れるように。

僕はもう一度音声を再生する。少女の声に含まれる脅えは、今の彼女にも残っている。でも、今の彼女には、そうやって脅えながらも、その奥には笑みがあるように思う。その笑みを、彼女はいつ身につけたのだろう。あの気味の悪い笑みを。

音声をそのままに、もう一度画像を開く。無数の折鶴の画面に、少女の脅えた声が重なっていく。意識がぼんやりしていく中で、僕の視線は、また妻の由利の身体へ流れていく。乗りもの酔いに似た感覚。こうやって、事件の謎へのめりこみながら、自分の逸脱を面前に見せつけられ、さらにその奥へ入っていくというトリック。狂気へのトリック。僕はその流れには乗らない。僕は今、冷静でいるはずだった。

不意に玄関のチャイムが鳴る。僕はドアを見ながら、また鼓動が速くなる。あの連れていかれた男が、逃亡に成功し、この部屋に来たのだろうか。僕を殺しに来たのだろうか。時間は深夜の二時。パソコンからは、まともな人間なら他人の部屋のチャイムは鳴らさない。僕はドアに近づく。少女の脅えた声が小さく流れ続ける。

——危ないとは思わなかったの？

——飲んで欲しいって言ったから。

僕はドアに近づく。

——……誰が？

——ウサギ。

覗《のぞ》き穴から、相手を見ようとする。

——では、あれは何？　君がうなされる時、呟く言葉。……大きいもの。

ドアの向こうには、探偵の男がいる。僕は息を吐き、身体の力を抜く。鍵を開け、ゆっくりドアを開ける。パソコンの音声が終わる。

「すみません、こんな夜中にね」

「……何ですか」

「いや、お礼をしに来たんです」

「いらないです、……ここでいいです。入らないでください」

「私が困るんですよ」

無理やり入ってくる。封筒を取り出す。

「百万あります。受け取ってください」

「いらないです」

「はは、前にも言ったでしょう。それなら駄目な使い方をすればいいんです」

男が封筒を下駄箱に置く。笑みを浮かべている。

「……あの男はどうなりました」

「気になりますか」

「ええ、分身ですから」

僕はわざと言う。探偵の男がはっきり笑う。

「彼は、《彼ら》に連れていかれましたよ。会社の人間達にね。……大丈夫です。殺されたりなんてしませんよ。ただ入院することになるでしょうね、大分いかれてましたから。……そして彼は矯正されて、また世界に戻るんです」

僕は男を見る。額に汗が滲《にじ》む。

「《彼ら》は、あなたにとても感謝してるようです。あなたにお会いしたい、と言っています。……どうします？　色々便宜も図ってくれると思いますよ。《彼ら》にはなかなか力がありますから」

「……お断りします」

「賢明な答えです。でもおかしいですね、あなたなら、退屈さの中で《彼ら》に接触すると思ってたんですが」

男が視線を動かす。部屋へ続く半分開いたドアから、パソコンの画面が見えてるのかもしれない。無数の折鶴の画像。鮮やかな色彩。

「……もうあなたには必要ないのかもしれませんね、そんな退屈しのぎは。……どうやら、別の泥濘《ぬかるみ》にはまってるようですから」

男が一枚の名刺を出す。

「私からのお礼はこれです。あるフリーライターの名刺。彼は本を書こうとしていました。折鶴事件の」

僕は何も言わない。何か声を出し、男から嘲《あざけ》るような笑みを見せられたくない。

「かなり真相までいったと聞いています。でも、出版には至らなかった。家族のプライベートに大分踏み込んだ内容でしたから。遺族、つまり少女だった紗奈江さん側が訴えれば、かなりの確率で本の出版は差し止められる。……だってそうでしょう？　犯罪被害者のプライバシーを暴《あば》く本なんて、世間から攻撃を受けるに決まってる」

男が笑う。

「さらに、彼が薬物中毒だとわかった。そうなってしまえば出版などできるわけがない。出版社側も、彼の調べた事柄が真実か判断できなくなっていた。……まあ、彼が薬物に手を出したのは、この事件を追ってる最中だったのですが」

視線を向けてくる。意味ありげに。

「連絡してみるといいですよ。もう歳《とし》を取り、金にも困ってるようですから、インタビュー料でも出せば接触はたやすい」

男は名刺も下駄箱の上に置く。自分の視線が、不自然に名刺へと移行する。視界が揺れ、名刺へ流れていく。神崎《かんざき》カオルとある。

「その様子では……、あなたもどこかで、矯正してもらった方がいいかもしれませんね」

男が言う。嬉《うれ》しそうに。

「でもまあ、私も人のことは言えない。……暇になりましたしね、興味が湧《わ》いて仕方ない。……彼に会ったら、教えてください。私は、これからもあなたの役に立てる」

男が部屋を出ていく。眠れそうにない。

11

彼女の上に覆《おお》いかぶさる。

セックスをしながら、首を絞める。強く強く。そんなことはしたくないのに。でも、彼女は笑みを浮かべている。《ザマーミロ》という顔で。ここまで堕《お》ちて来たという顔で。僕は不意に激しい欲望を感じる。これまで感じたことのない欲望。目の前が暗くなる。何かと一体になったように。

目が覚めると、彼女が酒を飲んでいる。僕は服を着たままだ。

「……いきなり寝るんだもん。びっくりした」

彼女はそう言って笑う。夢とは違う笑みで。

「君がベッドに運んだの？」

「うん。だってテーブルで寝るんだもん」

プランターには入れなかったんだ、とは言わない。今のうちだとも。

「……行方不明のあの男。見つかったよ」

僕は突然そう言う。突然言うと決めていたから。

「……え？」

「だから、見つかったんだよ。会社の人間に連れていかれたよ」

彼女が僕を見る。からかってるのか量る様子で。でも、彼女は本当だとわかる。僕は冗談を言うタイプでないから。

「……私のこと、何か言ってた？」

未練でもあるのだろうか。なぜか嬉《うれ》しくなる。嫉妬《しっと》したいのかもしれない。

「君に会いたいって」

「そう」

「それで、殺すつもりって言ってたよ」

「……は？」

「約束したって。……君は死にたいのか？　どうして？」

僕は彼女をじっと見る。

「日置事件の遺児だから？」

彼女が僕を見つめ返す。沈黙が続く。このことは、突然言うつもりじゃなかった。でも言ってしまった。なぜだろう。

「……知ってたんだ」

「あの男を捜してた探偵から聞いたんだよ。……あの男とは、高校の同級生だったんだろう？　僕は中学。何か意図があるの？」

「……何が？」

「あの時、君はバーにいた。僕も飲んでいた、そこで」

僕は不意にしゃべり出す。そんなつもりもないのに。

「本当は、僕は一人でバーに行くタイプじゃないんだけど、最近ずっとそんな感じだった。……君をあの店で見たのはあの日が三度目だった。僕に話しかけてもらいたい素振りをしてたよ。それくらいわかる。僕も馬鹿じゃないからね。中学が同じって偶然はあったけど、面識もないし、会話は続かなかった。君はそれから、『震災があって、一人でいるのが怖い』って言ったんだ。嘘《うそ》だと思ったよ。一人でいたくない理由をつけてるだけだって。君はとても酔った振りをしてた。僕にタクシーで送らせようと」

彼女は黙っている。僕の馬鹿な饒舌《じょうぜつ》に対して。

「普通の男なら、そのまま君をどこかに連れてくよ。でも、それまでの僕はね、そんな風に、本当に女性を送るだけで帰るような人間だったんだよ。セックスはしたいけど、その後の面倒さを思うとそんな気になれないんだ。でも君は自分のマンションに着くと、その辺を歩くと言った。酔ってる様子で、酔いも醒《さ》ましたいし、何だか歩きたいから歩くって。あんな物騒な時間帯に、あんな暗がりの道で。そこまで言われたら、僕だってタクシーを降りる。でも本当を言うと、あの時の僕は君をからかってたんだ。僕は初めから君とセックスするつもりだったけど、君はどう動くんだろうって、試すように観《み》てたんだ」

　彼女はどこまで聞いてられるだろう。こんな馬鹿な言葉を。

「でも、自分で言うのも変だけど、僕はそんな魅力的な男じゃない。わざわざ女性から誘われるほどの男じゃないよ。君は、とにかく一人でいたくないのだろう？　さすがに誰でもいいってわけじゃないだろうけど、怖いの？　日置事件の犯人が、君をいつか殺しに来るとでも？　ずっとそうやって誰かを側《そば》に？」

　彼女が僕を見る。なぜだろう、彼女が不意に美しく見える。弱々しく僕を見る目や唇に、吸い寄せられるような気分になる。これは何だろう。というより、僕はさっきから、何をしてるのだろう。

「……十年後」

彼女が突然言う。

「十年後に、また会いに来るって言われたの」

彼女の目が、なぜか僕に媚《こ》びてくる。今はそんな時でないはずなのに。僕は息を飲む。

「……それは、犯人に？」

「そう」

動悸《どうき》が速くなる。

「でも、十年経《た》っても、現れなかった。怖かった。会いに来るなら、来ればいい。来ないことが、その猶予《ゆうよ》が、余計に怖かった。言われたの。君が幸福でなかったら、その時は、綺麗《きれい》に殺してあげるって。……だから私は幸福にならないといけない。でもずっと幸福になんてなってない。でもやって来ない。いつか来るに違いないのに」

「待ってくれよ」

僕は彼女を見続ける。

「君は犯人に会ったの？」

「私は……」

「おかしいじゃないか。君は寝ていたんだろう？　睡眠薬を飲んで」

彼女が僕を見る。なぜか悲しげに。悲しくて仕方ないというように。

「……犯人は、二人だったんじゃないか、そうだろう？」

部屋が静かになる。彼女はまだ悲しげな目をしている。

「……だって、それしか考えられないから。密室で、開いていたトイレの窓から大人は入れない。子供なら入れるけど、でも子供ではあんな犯罪はできない。……まるで親子みたいな二人が、入ってきたんじゃないか。違うかい？　そして大人の方が君の家族を殺して、窓かどこかから出る。あとは子供が施錠して、密室のように見せかけて、自分はトイレの窓の隙間《すきま》から出る。……そうだろう？　凄《すご》く奇妙なデュエットみたいなやつらが、そうやって君達を……。殺人事件の歴史でそんな組み合わせ聞いたことないけど、それしか方法がないんだ、あの事件は。……それで君は犯人探しをしてる……、そうじゃないのか？」

彼女は動かない。手にグラスを持ったまま。アルコールの入ったグラスを持ったまま。

「僕のことを調べて、近づいてきたんだろう？　なんで僕を犯人と思ったのかわからないし、僕は犯人じゃないけど。……その入ってきた子供に似てたのか？　それとも大人の方に？」

彼女が突然笑う。僕を嘲《あざけ》るように。

「何言ってるの？　親子みたいな犯人？　そんなわけないじゃない。大丈夫？」

「君は僕を……」

「どうしたの？　デュエット？　何言ってるの？　大丈夫？」

彼女の表情は、僕の稚拙な推理を笑っている。僕は急に恥ずかしくなり、自分の凡庸さに気づき、怒りに似た感情が湧《わ》く。でも、彼女がわざと言ってるのに気づく。彼女が近づいてくる。口を少しだけ開けて。

「……私は怖いだけなの。いつか、私を殺しに来る人間が。……だから犬みたいになっていたいの。飼い主に守られて、野良犬からも襲われない犬」

彼女の目が潤《うる》んでいる。美しい。僕は息を飲む。自分の稚拙な思考への怒りを、自分の凡庸さへの怒りを彼女にぶつけたくなる。

「所有して欲しいの。あなたのものにして欲しいの。あなたが私のものにならなくても、私があなたのものになるから。たまに来るなんて嫌なの。もっと可愛《かわい》がって欲しいの。殺してもいいの。好きなようにして欲しいの。あの犯人が来る前に、あなたにそうして欲しいの。それで犯人に言うの、残念でしたって、あなたがする前に、私はもう他の男に滅茶苦茶にされてますって、笑いながら」

彼女は息を乱し、舌を僕の唇に入れる。身体《からだ》が熱い。僕は彼女をベッドに倒す。彼女の服を脱がし、顔を彼女の胸に埋める。舌を這《は》わせる、何かを食すみたいに、むさぼるみたいに。

「殺してもいいの。好きにしていいの。滅茶苦茶にしていいの」

彼女が喘《あえ》ぐ。息を激しく乱しながら。僕は彼女の身体に埋まっていく。いつの間にこうなっているんだろう、彼女を壊したいと思う。彼女を壊して自分も壊したいと思う。僕のこんな人生を、こんなくだらない人生を。遠くでサイレンの音がする。

12

木塚と高岡のミスを丁寧に直す。市井や楢崎や高橋のミスも。市井達は契約社員だ。加藤さんの思い通りにはしたくない。

その加藤さんとすれ違う。彼が意味ありげな視線を送ってくる。僕は《わかってますよ》という顔をする。《あいつらを陥《おとし》れますよ、こういうのは意外と楽しいですね》という顔をする。加藤さんは頷《うなず》く。《苦渋の決断だよ》という顔で。噴き出しそうになる。なんてクズなんだろう。

僕は山辺にメールを打つ。狂人の山辺に。昨日、《本当に新見か？》という返信が来た。僕はメールを送り続ける。《訴えたらいい》《彼女は君のものだったんだから》《このまま負けていいのか？》。山辺からその返信が来たのは今朝だ。

《僕は君も知ってるはずだが欲望まみれのゴミじゃない。あれはあれでいい誰も傷ついてない。彼女があの男を選ぶんなら彼女はその手の女だったんだし興味ゼロ。今興味あるのは人間についてだ。なぜこうも彼らは愚かなんだろう？なぜ僕のようになれないんだろう？君はわかるかこの問題が。君はわかるかこの謎《なぞ》が。君は見込みがあったがどうやら僕の思い違いか？答えをくれ》

いかれている。恐らく、何度も文章を書き直したのだろう。僕は微笑《ほほえ》む。メールを打つ。

《確かに君は何かが違う男だった。君がいたから僕はあの事務所にいることができたんだ。……でも、我慢できない。君のような男が事務所をやめることになり、あんな男がまだこの場所にいるということが。彼女は、君と釣り合わないと思って、自ら身を引いたんじゃないか？　いいのかいそれで。君の正義はそれで？》

山辺はこの事務所にいた竹下という女性のストーカーだった。絶対に釣り合わない、絶望としか言い様のない一方通行の感情だった。竹下は加藤さんの愛人だった。そんなことは誰でも知っていた。知らなかったのは、というより信じなかったのは山辺だけだった。

《僕が君達のルールで戦うのは（君達、という言い方を許してくれ）正しいか悩む。僕とあの男、どっちが正しいかジャッジする者達は、向こう側の人間？僕はハメられるかもしれない。罠《わな》だ。証拠をくれ。君が味方である証拠を》

竹下から相談を受けた加藤さんは、面白がった。山辺を呼び出し、恋愛論を語り、そんな一方的じゃ駄目だ、時間を置いて、ゆっくり近づけとアドバイスして喜んでいた。優越感に浸っていたのかもしれない。一度僕に、『凄《すご》いな、俺、ストーカーって初めて見たよ』と言ったこともあった。

でも山辺は、次第に彼女の感情などどうでもいいと言い出すようになった。俺のものになれば正しいんだから、彼女は変な考えに毒されているんだから、俺のものになってからゆっくり教え込んでいけばいいんだと言うようになった。僕は放っておいた。どうでもよかったから。

《証拠は、僕の気持ちを見てもらうしかない。君の指定する場所で会おう。あの男を訴えるんだ。『彼ら』のルールにあえて乗り、それに勝利すれば痛快じゃないか。君はそういう人間だった。君は彼女を見殺しにしない。逃げたりしない》

加藤さんが執務室にこもり、竹下を服の上から冗談半分に愛撫《あいぶ》していたのを、山辺は目撃した。彼は猛然と加藤さんと竹下に近づいていった。まるで変な宗教にはまった肉親でも助けにいくように。その時山辺が自分のものでもないのに竹下を『麻美』と下の名前で叫びながら呼んだ時、僕は恥ずかしくて仕方なかった。彼は加藤さんにつかみかかり、ビルの警備員が来ると逃げた。

《僕は逃げん。ただ準備がいる。僕はいつもそうしてきた。また連絡くれ。絶対に連絡くれ。僕のやり方を練る。君は驚くね》

でも山辺は逃げた翌日、平然と事務所に来、いつものように仕事をした。加藤さんは困惑し、竹下を一時的に休職扱いにした。山辺は四日間普通に仕事をした後、突然加藤さんに辞表を出した。

【私が事務所に来たのは、あなた達に負けたのではないと示すためです。僕は感染したくない。あなた達と共にいることで、その……。知りたいでしょうか。でも言いません。無駄ですから。会社を辞めます】

加藤さんはばつが悪くなり、竹下を辞めさせ、知り合いの法律事務所に入れさせた。彼女と加藤さんがまだ続いてるのかは知らない。

山辺は典型的なストーカーだったけど、そこから一歩ずれてしまった。典型的というのは、サンプルとしてよかったのに。その本質をきちんと体現してくれるから。

山辺からのメールを見、僕はまた微笑む。加藤さんの部屋に行く。ファイルを抱え、仕事の用で。

「例の業者が、過払い金の支払いをしぶっています。あそこは体力があるはずなのに」

「……うん」

「どうしましょうか、この額では、あまりにも顧客が」

加藤さんは僕の話を聞いていない。なんだ、社員を切る件じゃないのかと言う風に。僕は加藤さんの耳元に顔を近づける。それとは別の言葉を言うために。

「……山辺が、訴える準備をしています」

「え？」

加藤さんが驚いて僕を見る。僕は声を落とす。

「彼は、加藤さんが職務上の権力を使って山辺と竹下さんを引き離し、竹下さんを手に入れ、自分を解雇させたと思い込んでいます」

「馬鹿が。誰が信じるか」

「……でも、竹下さんと加藤さんのことは本当ですよね」

加藤さんが僕を睨《にら》む。時々、彼は思わず人を睨む。

「……何が言いたい？」

「このことは、あまり表沙汰《おもてざた》にしない方がいいのではないでしょうか。職場上の不倫であれば裁判での印象も悪いですし、訴えに勝っても様々な噂《うわさ》が表に出てしまいます」

「何が言いたいんだ」

「……あの、僕は加藤さんを責めるために言ってるわけではありません。事実の話をしています。このままでは話ができないのですが」

加藤さんが僕を見る。少し息を吐く。

「……そうだな、すまない」

「……いえ」

「でも、裁判所が取り合わんだろう？　そんなもの」

「加藤さんにも、敵はいらっしゃいますよね」

「……ん？」

「山辺には、一応人脈があります。この業界にいましたから。加藤さんを陥れたい法律事務所は色々あるはずです」

「……ああ」

部屋が静かになる。加藤さんが眉《まゆ》をひそめる。

「ですから、山辺の言う不当解雇というよりも、そもそも不倫、すみません、こういう言い方をして……、そもそもその加藤さんと竹下さんとの関係もなかったことにすれば、全部山辺の妄想《もうそう》になります。彼は狂人ですから」

僕はそこで黙る。ここからは、僕の意見と思われないために。彼自身に言わせるために。

「……つまり、竹下も、この事務所の人間達も、全員がそんな不倫沙汰の事実なんてないと初めから言えばいいんだよな、証拠なんてないんだから。そうすれば山辺はただ言いがかりをつけただけの狂人になる。でも、この事務所の人間達が俺に敵意を持ったら」

「……ああ、それは……」

「解雇すれば、木塚も高岡も契約社員達も、俺の敵になる可能性がある。色んな証言をするだろう。裁判になったら厄介だ。業界に噂も広まるな。裁判には当然勝つだろうけど、いい醜聞だ」

頭の回転だけは速いようだ。さすがに。

「……どうしたらいいでしょう。僕は……」

「うん、少し考えさせてくれ」

僕は加藤さんの部屋から出る。胸ポケットのレコーダーを切る。

「……何の話ですか？」

仕事に戻ろうとした時、木塚が笑顔で僕に言う。さっぱりした表情、趣味のいいスーツ。彼の年賀状はいつも子供の写真だった。こうなりたい、と僕は思う。こんな善良な人間に、なってみたいと僕は思う。相手が不妊治療をしていようが独身だろうが、平気で自分の幸福をばらまける善人。彼に悪気はない。彼は何も悪くない。ただ幸福な人間は、時に乱暴で恐ろしい。

「……何でもないよ」

僕が自分の机に座っても、木塚は寄ってくる。なぜか表情を微《かす》かに歪《ゆが》めている。

「あの、言いにくいんですけど」

「ん？」

「最近、新見さん、疲れてませんか」

「は？」

「何か、顔色悪いっすよ。ちゃんと寝てますか？」

僕は思わず笑う。彼は本当に僕を心配している。飲む約束をいつも断ってるような僕を。僕はいつから、彼の側《がわ》から逸《そ》れたのだろう？　どうしてこう生きられないのだろう？

「心配しなくていいよ。ただ……」

僕らの会話に、市井が寄ってくる。なぜか、不意に動悸《どうき》が激しくなる。二人と僕の距離が、近過ぎるように思う。僕は圧迫感を感じている。なぜだろう？　この程度のことで？

「少し離れてくれないか」

僕は思わずそう言う。言った後、自分で驚く。頭痛がする。締めつけるように。

「え？」

そう反応したのは木塚だろうか市井だろうか。僕は誤魔化さなければならない。

「いや、お前ら寄り過ぎだよ、怖いわ」

僕は笑う。彼らも安堵《あんど》して笑う。笑いはいい。自分を誤魔化せる。

何年も前から、僕の言葉の大半は、何かの言い訳のようになっている。

13

「でもさ、やっぱりわからないな。……どうして君が？」

　神埼カオルが、絶え間なく煙草《たばこ》を吸っている。他に客のいないカフェ。日置事件を調べ、本を出そうとし出来なかったフリーライター。五十歳くらいだろうか。白髪で、少し太っている。

「不可解なのはわかります。ですから、謝礼の方もお支払いしますし」

「それがわかんないんだよ。なんで謝礼までするの？」

　僕は曖昧《あいまい》に笑みを浮かべる。男は時々、唇の右端を下へ引っ張られるように歪めている。チックの症状。表情もあまり動かない。

「俺からは、そんなに情報ないかもしれないよ。折鶴事件、君がメールに書いてきたこと以外について、俺が教えればいいんだろうけど。……君は満足しないかもしれないよ。でも、まあ俺もわざわざここまで来てるわけだし」

「ご心配はいりません。結果がどうあれ、謝礼の方はお支払いいたします」

「いや、そういうことを言ってるんじゃないけど」

男がまた歪める、唇の右端を。僕は目を背ける。

「まあ、俺も忙しいからね、もう始めるけど……。俺は彼らをただの被害者にしなかっただけだよ。何か、彼らに狙《ねら》われる要因があったんじゃないかって。当然だけど、照準は妻の由利に向けられる。あんな美人はそういないからね。……現場の写真は見た？」

「ええ」

「すごいよ、あれは。何度見ても飽きない。もうあの事件のことなんて追ってないけど、あの写真だけは持ってるよ。被害者の写真を気に入るなんてどうかしてるだろ？」

男が笑う。唇を引きつらせて。終わった人間、と不意に思う。ここ数日、そんな人間に会うのは佐藤弁護士、行方不明の男も入れれば三人目だ。僕はまた目を背けたくなる。

「……ところでさ、君、右の目に何かあるの？」

「え？」

「いや、さっきから、指で瞼《まぶた》の端を引っ張るみたいにさわってるから」

男と目が合う。動悸《どうき》が乱れていく。僕が？　右目を？

「……それ、チックだろ？　はは。落ち着きがないな」

僕は呆然《ぼうぜん》と男を見る。

「俺は妻の由利の素性を探ったんだけどね、これが気味悪いくらい何もない。というか、専業主婦だったから、人付き合いも少なくて情報もそんなにない。でも」

僕は動揺したまま、男の話を聞く。僕がチック？

「夫の剛史の方に、問題があった。彼は毎日、定時で職場から帰ってたんだ。公務員だったし可能だけど、それにしても毎日はすごくないか？　一日に三度、家に電話するんだ。自宅の電話に。それを妻の由利が取る。何を意味するかわかるだろう？」

「……家にいるかの確認」

「そう。つまりさ、俺は妻の由利が一度浮気でもしたんじゃないかと思うんだ。あんな美人なんだ。はっきりいって日置剛史じゃとても釣り合わないよ。それで夫がもう浮気できないように束縛を始めた……。ということは、相手がいるはずだ、由利の」

「……日置剛史は、由利の自転車を壊してますよね」

「そう、自転車を壊せば、彼女は遠くにいけないと思った可能性がある。何というか、気持ち的な問題でね。電車だってあるのに、そんなことをする。……つまり、夫は少しおかしくなっていたんだよ。その証拠に、彼は通院を勧められてた。精神科に」

「え？」

「長男と一緒にね。まず初めに通院したのは長男。理由は知らない。でも大抵、その原因は親にあるもんだ。だから親の通院を医者側が勧めた。でも剛史は結局行くことはなかったよ、死んだからね」

僕は右目を触ろうとする自分に気づき、手を止める。でも、どうでもいいように思い、右目の端を押しながら引っ張る。少し落ち着く自分を感じる。どうでもいい。

「妹の服に、長男の精液が」

「うん、でも、妹が性的に何か受けてた跡はないんだ。長男は当時15歳だろう？　性的に混乱する時期だよ。事件当時の妹が着ていた服だったわけじゃないし、女の服なら、何でも良かったんじゃないか。まあ、ちょっとおかしいけどね……。つまり」

男は煙草を吸い続ける。

「父親の常軌を逸した束縛で、家族が歪んでいったんだ。両親の間の緊張はそのまま子供に降りていく。そして長男が不安定になる。妹の内面にも、何かしらの動揺があっただろうね。つまり、長男の不安定さが、夫の異常さの証拠と考えていい」

「……なら、犯人は……」

「うん、由利の愛人だと思う。彼が日置家に入り込む。そして家族を殺し、由利だけは、思い出にというか、自分の中に完全に取り込むみたいに、全裸にして、鶴で飾って、写真を何枚も撮っていった。……どうだろう？　そんな常軌を逸したやつだったんじゃないかと思うんだ。そして、長女も殺そうとする」

「……え？」

「でも……、当時の長女の写真は見た？　恐ろしいほど、美しいんだよ。まだ子供なのに、見てるだけで不安になるくらい。ロリコンじゃなくても、思わず見てしまうくらいに。……犯人は、長女を殺すのをやめる。そして気づく。この事件を密室事件にするために、長女を脅し、自分が出て行った後、鍵をかけさせる。そうすれば一家心中となるかもしれない。……殴った時の自分の皮膚片まで思いは及ばなかった」

確かに、それなら彼女の言葉と辻褄《つじつま》も合う。彼女は犯人に会ったと言った。

「……でも、そんな脅しに乗るでしょうか」

「簡単だよ。俺が出て行ったら鍵をかけろ、そうじゃないと、また入ってくるぞと言えばいいんだから。脅さなくても鍵をかけるんじゃないか？　怖くて」

「でも、それならなぜ彼女は警察に言わないんですか」

「脅されたんだろう。催眠に近いくらい、恐怖が身体《からだ》の底に染《し》みつくらい、徹底的に。……そういう事例は、これまでにもいくつか見たことがある。……でもね」

男はそこで、不意に黙る。唇を何度も歪める。

「……この事件が、なぜ迷宮事件なのか、今から俺が言うことを聞けばわかると思うんだけどね」

男が僕を見る。

「はっきり言って、今俺が言ったような推理、もしくはそれに似たような推理以外、考えられないんだ、この事件は。……でもね、それなのに、入った形跡が、ないんだよ。犯人がどこからも。……実はあの家には、人が出入りできる全《すべ》ての場所に、防犯カメラがあったんだ。玄関、裏口、小さな庭に下りるためのガラス戸、夫婦の寝室の窓の全部に。その他の窓は、全部防犯窓でね。よくある外側に網目状の柵《さく》のついたタイプの窓で、その柵を切断しなければ入れない。……もちろんそんな跡もない」

「……どういうことですか」

「だから、そういうことだよ。日置剛史の異常ともいえる束縛は、防犯カメラに手を出すまでになっていたんだ。もちろん、表向きは防犯用だろうけど、実際は妻を監視するために違いない。数が多すぎるからね。いつ、何時に妻が外に出たか、記録するためだよ。……全部のカメラのテープを回収して、警察は初め喜んだらしいよ。これで事件の解決は決まったようなもんだって。でも結果は逆だった。ますますわからなくなっただけだった。映っていたのは昼頃に玄関から買い物に出かける由利の映像、そして30分後に帰ってくる同じく由利の映像。妹が夕方に下校して玄関から帰ってくる映像、兄が帰ってくる映像。……映っていたのはそれだけだった。侵入者が映っていないだけじゃない。いいかい？　よく聞くんだ。日置剛史の姿も、カメラに映ってなかったんだよ。事件があったあの日、犯行時刻の深夜の時間帯も全部含めて、他の家族の出入りする姿は映ってるのに、日置剛史だけがどのカメラにも映っていない。日置剛史が職場に履いていったはずの靴も見つかっていない。だから日置剛史は外で殺されているはずなんだ。なのに、部屋の中には剛史の死体があった」

　男が僕を見る。

「あるいは、まるで日置剛史なんて初めからいなかったみたいに」

「は？」

「彼の死体があったという、発表自体が嘘《うそ》だったみたいにね」

「でも、そんなわけは……」

「うん、そんなわけはない。申し訳ないね。……あの話をすると、いつも妙な方向に少し痛むのかもしれない。話がいってしまうんだ」

男はそう言い、こめかみの辺りを指で押さえていた。

「……でも、何でその情報は表に？」

「……警察も、日置剛史の束縛の情報はつかんでいたんだ。だから、カメラの理由もわかっていた。被害者の異常な行動をメディアに流すのに躊躇《ちゅうちょ》したんだろう。あとは犯人に、カメラに映ってなかったと知らせたくなかったんだな。情報を隠すのはよくやる手だよ。剛史の情報が出なかったのは、いたずらに混乱させたくなかったからだろうね」

「トイレの窓は……」

「うん、当時、そう言う人間は多かったよ。そこから入ったってね。でも、あの窓はレバーによる開閉式でね、実際に見るとわかると思うけど、あの隙間《すきま》じゃ子供でも入れない。斜めに角度もついてる。入れるとしたら異常に身体の細いやつか、赤ん坊だよ。でも赤ん坊に何ができる？」

辺りが静かになる。僕は何も言うことができない。

「つまり、誰も入ってないんだ。それなのに、侵入者の痕跡《こんせき》がある。殴った時に残った犯人の、例の皮膚片ね。しかも、家にいなかったはずの剛史の死体までがそこにあった。剛史の靴も見つかっていない。……わかったかい？　だから、折鶴事件は、迷宮事件なんだよ」

　男と目が合う。男は唇をまた歪めている。恐らく、僕も何度も、自分の右目の端をさわっただろう。

「……たとえば、Aを解決するとBという問題が出てくる。Bを解決するとCという問題が出てくる。Cを解決するとDという問題が出てくる。……でもDを解決すると、全ての解決が間違ってるとわかる。……迷宮事件というのは、そういうものなんだよ」

　彼女の目を思い出す。僕が吸い寄せられていった、ベッドの中の彼女の目。喉《のど》に何かが込み上げる。

「……その他には？」

「まだ聞くの？　君は物好きだな」

　店内が、いつの間にか少し混んでいる。顔もおぼろげな客達の声が、固まりのように突然聞こえる。

「あの事件があった頃、あの町では空き巣が多発していた。でも手口が違い過ぎる。相手に発見されると脅してロープで縛るような典型的なものだった。あとは通り魔も何件かあった。それも手口は違うね、バールでいきなり殴るような奴だったから。交通事故も、普段より多かったみたいだ。……考えてみれば、あの町はあの時期、物騒だった。人を狂わすような不安定なよどみが、あの町を覆《おお》っていたのかもしれない。それであんな事件が起きた」

男の表情が、疲れたように虚《うつ》ろになる。

「あと、あの長女ね、……今はどうなんだろうね、ああいう美しさは、大抵年齢と共に消えてしまうものだけど……、あの長女、例の見知らぬ男から瓶をもらった時、嬉《うれ》しそうにしてたらしいよ」

「……嬉しそうに?」

「その瓶ジュースの男は、もう既に学校でも知られてたし、他の児童達はただ断るのが怖いからもらってただけだった。でも彼女はね。……何だか、まるで人から何かをもらったのが初めてみたいに、微笑《ほほえ》んでたみたいだよ」

14

ひまわりの絵がある。

ゴッホの、歪《ゆが》んだ黄色のひまわり。でもそれを、僕はなぜかRだと思っている。懐《なつ》かしく。

――久しぶり。

「うん」

ひまわりの言葉に、僕は頷《うなず》く。

――調子は、どうやら最悪だね。

ひまわりの絵は動かない。ただ壁にかかっている。僕は口を開く。

「少し考えたりするよ。君と俺が、折鶴事件の犯人だったら面白いのにって。僕達が変な層をすり抜けて、あの民家に入ってさ。君が全《すべ》ての鍵を施錠して、トイレの窓から出る。……僕達は最高のデュエットだから」

――君はおかしくなったんだね。

「うん」

――存在もしない僕を夢に出して、会話までするんだから。頭の中が完全にフィクションだよ。

「いいじゃないかそれで」

　僕は少し笑う。

「何か面白いことをしよう。俺は思いつかないから、君がアドバイスしてくれよ。君の言うことを僕がするよ。子供の頃みたいに」

　ひまわりの絵に、何も変化はない。

――そうやって、僕のせいにするんだろう？　ほら、あれだよ。よく捕まった犯人がさ、殺人を命令する声が聞こえたっていうだろう？　あれだよ。君はいよいよ、そんな風になったの？

「いいじゃないかそれで。僕の中に戻ればいい」

――君は勘違いしてる。

　ひまわりが黙る。そしてまたしゃべり始める。

――今度は、君の番なんだよ。僕は、君という存在を僕の中から追い出して、この世界で生きていくんだ。君は新見だから、Nって名づけようか。Nは僕の憂鬱《ゆううつ》の全部を背負って、泥の中に埋まるんだよ。今君がいる場所は、あの時僕がいた場所だ。

部屋の温度が温かくなる。冷えると思ったのに。

「そうか、なら仕方ないね。今までありがとう」

――それでいいの？

「うん。でも、僕を追い出したとしても、そこには何もないよ。疲れてくるだけだ」

――はははは。

ひまわりが笑う。というか、笑ったように見える。

――もうさ、やめないか。僕は存在しないんだから。いちいち出すなよ。君は今、ストレスで幼児返りしてるだけだよ。ついでに教えてあげるよ。君のことを。

ひまわりの絵に変化はない。

――君はもう駄目なんだ。気づいてるだろう？　君の内面のぐちゃぐちゃに。

目が覚める。我ながら惨《みじ》めな夢。汗をかいている。僕は恥ずかしくなる。

彼女が僕の髪を撫《な》でている。恐らくうなされていた僕を。ペットでも撫でるように。

「ねえ、あなたの話をして」

彼女が言う。僕は首を横に振る。

「駄目だよ。無残になる」

部屋は片付けられている。彼女の飲んだ大量のアルコール、その缶の群れ以外。

「……どうして？」

「だって無残だろう？　人の内面なんてどれも」

僕は小さく息を吸う。

「……たとえば、今から僕は、それっぽく語ることはできるよ。冗談を交えたり、はすに構えたり、カラで覆《おお》ったり。……気恥ずかしさで隠すように。でも、そんな言葉はもう飽きたんだ。もう飽きてる」

彼女は黙っている。僕はまた口を開く。

「だから、悲惨な言葉になるよ。何の鎧《よろい》もない、むき出しの……」

「それでいいよ。私の内面も無残だから」

僕は少し笑う。

「昔ね、僕は陰鬱な子供だった。人間を食べた、と思い込んだり、周りの全部が敵だと思って、どこまでも逃げようとしたり。性的な目覚めも早かった。混乱していたよ。どうしようもないくらい」

彼女は頷く。

「……いつの間にか、自分とは別の存在が、内面にいるようになった。子供の僕はそれをRって名づけた。周囲の誰にも頼れない子供は、架空の存在を創《つく》り出す。あれは今考えれば、犯罪を犯す少年の内面に似ていた。……日置事件はね、僕にとって象徴的な事件だったんだ。遺族の君にこんなことを言うのは間違ってるけど、小さい頃、僕がやりたかったことだった。自分の家族に対して。家族と呼ばれるものに対して。世界に対して」

彼女に反応はない。

「でも、年齢と共にRは消えた。ああいう存在を、中学生まで持ち込むと恐らく大変なことになる。でも僕の場合幸い消えた。真似《まね》だよ。周囲の真似。僕達は夢を持て、と言われ続けた世代だったろう？　何かになれ、という感じで。存在の希薄さを、特別な何かになることで解消する。実は音楽をやってた。ミュージシャンになろうと思った」

「へえ」

彼女が微笑《ほほえ》む。なぜか優しく。

「でも、カート・コバーンやノエル・ギャラガーみたいな曲なんてつくれない。ギターをしてたけどスティーヴ・ヴァイみたいにはとても弾けない。諦《あきら》めざるをえないよ。それでバブルがどうのとなって、この国が突然不景気になってからは、安定した生活を目指せと言われるようになったろう？　社会に余裕がなくなったから。その後に出てくるキャッチコピーは当然の帰結で、日常を愛せ、というものだよ。特別な存在にならなくても、この小さな日常を愛そうというやつ。周囲の真似をして、何かのイデオロギーの中に入ってこの世界にいる資格を持ちたかった僕は、混乱することになる。日常を愛せ？　無理だよ」

僕はまた少し笑う。

「でも、結局気づくんだ。自分には、何もやりたいことがないって。自分の中の不安とか憂鬱を、何かで埋めようとしてただけなんだ。弁護士になろうとしたのも、現実的な路線でいい気分になれると思っただけだよ。俺は弁護士、みたいにね。でも全然興味もなくなってしまった。上にのし上がって、それでどうなる？　金持ちに？　優越感？　でもその優越感に表面的な幸福を感じたとしても、それはつまり、結局自分の幸福に他人の低位を前提にするってことだろう？……まあ、結局俺の問題なんだ」

彼女の目が虚《うつ》ろになる。酔っている。僕の話を聞いていない。

「それで無残なのは、性欲だけはあるってことだね。射精と射精の間に自分の人生があるみたいにね。でも実際に女性とトラブルになる面倒を思うと、家でアダルトビデオでも見てた方が楽だよ。僕はどうやら、真剣に人を愛することができないらしい。人を愛していると錯覚することさえ。でもそれなのに、罪悪感だけはあるんだ。……ほら、無残だ。僕の内面は。……それで色々気づく。これは悩むような問題じゃない。不満や不平を抱えながら、何となく生きていくのが人生だと気づく。だけど、困ったことに、身体が疲れていくんだ。酷《ひど》く疲れていく。そうしていると、昔の自分が表に出てこようとする。社会に適応する前の、生《なま》の自分」

僕は彼女を見る。

「……震災があった時、実は既視感があったよ。……地面が震えて、驚いたまま息をひそめるように様子をうかがって、でもあの時の揺れは治まることがなくて、想像を超えて、まるでうねるように激しくなっていっただろう?……自分のマンションが、隣の家が、縦や横に暴れるように揺れてた。崩れてくる、と思ったよ。建物の全部が崩れて、全部がうねって、自分は死ぬんだって。見慣れていた風景が、突然、他者のように思えた。風景が一瞬で変わったんだ。僕の命なんて少しも構おうとしない、あまりにも無造作で残酷なものにね。あまりにも不可解で、不条理な……。その時、昔のことを思い出した。まだ言葉も話せない、二本の足でようやく立てる程度の小さかった頃のことだよ。目を閉じて、と母親に優しく言われてね、大人しく目を閉じて、でも何かの予感がよぎって目を開けると、置き去りにされていた。その時、僕は公園にいたんだけど、そこは小さかった僕にはあまりにも広すぎる公園でさ、目を閉じる前と同じ公園であるはずなのに、それが全く、他者のように見えたんだ。……子供ながら、自分が捨てられて、この広い世界の中に、無造作に放り出されたと気づいたんだと思う。すべり台のカーブが、ジャングルジムの青が、広がる地面が、木々の緑が、全部無関心に、むしろ敵意をもって向かってくるようだったよ。あの頃の僕は、そんな子供のための施設があるなんて知らない。周囲に人もいない。僕は完全に一人で、この残酷で広い世界の中で生きていかなければならないと思った。周囲の風景の全てが、僕にこの世界で生きていけるのかを問うようでさ、僕の弱い生命力そのものを、僕の意識を通過して冷酷に試すようだった。僕は次第に立っていられなくなった。耐えられなかったんだ、その広大な風景の恐ろしさに。無機質で不条理なその広すぎる風景の恐ろしさに。……意識を失ってよかった、と今では思ってるよ。そうでなければ、僕はあの風景に耐えられなかった」

僕は静かに息を吸う。

「あの震災は、自分の無力さを思い起こさせた。お金を使って食糧を買って、自分自身で生きてるというのは僕の錯覚で、世界の本当は、残酷で無造作で無関心なんだって。自然や風景は、決して愛するものなんかじゃなくて、僕達の命なんていともたやすく破壊するものなんだって。僕達の風景は、僕達の心の準備など問題にしないタイミングで、いつでも一瞬で全く別のものに変容するんだ。……あの震災は、僕の中に、あの頃の無力な自分がいることを再認識させた。結局僕は、あの頃からそれほど変わっていなくて、その後父親の方に引き取られてから、多分僕はRっていう強者を創り出したんだ。……震災後にこの国は元気になろうと動き出したけど、とてもじゃないけど前向きになれないよ。自分に残ったのはダメージだよ。自分が受けたダメージと、大勢の人間の命を亡《な》くした揺れと同じ揺れで、自分の存在を揺らされたことのダメージ。世界には、耐えることしかできない現象がやっぱりあることを、改めて思い知らされるダメージ。……震災の前からもうずっと感じていたことだけど、社会に適応する前の生《なま》の自分は、そういう様々な人生のダメージをも利用して大きくなるみたいに……。僕は日置事件にのめり込んだ。まるで原点に帰ってしまったみたいに。結局戻るみたいに。初めはいい逃避ができたと思ったけど、どうやら逃避じゃないらしい」

「……あの事件の、何が知りたいの？」

彼女が急に口を開く。虚ろな目のままで。

「……それがわからないんだ。でも、僕はあの事件に異常に反応してる。……何かに巻き込まれてるんじゃないかって、思うこともある。でも、それならそれでいいんだ。巻き込まれた先に、何だか、わからないけど……」

彼女が突然笑いだす。そして思わず口をつぐむように、僕を見る。僕は驚き、恥ずかしくなる。得体の知れない怒りを感じるけど、彼女が、わざと笑ったのに気づく。彼女が悲痛な目をしている。思わず笑ってしまったのを後悔する目ではなく、わざとこうしてしまう自分に対して。僕は彼女を呆然《ぼうぜん》と見る。

「君は……」

僕は彼女を見続ける。

「君は、俺に何を求めてるの？」

彼女がまた笑う。わざとそうしてしまうのを止められないという風に。

「ごめんなさい。あなたを馬鹿にしたわけじゃないの」

「君は……」

「ごめんなさい、許して」

彼女はわざと脅えた目をして、後ずさる。まるで僕が怒りに震えてるかのように。怒りに震えて欲しいかのように。

僕は彼女に近づく。彼女がそうして欲しいと思ったから。彼女を抱き寄せる、乱暴に。彼女は嫌がるけれど、身体に力を入れていない。少しも嫌がっていない。

これはゲームだろうか？ でもゲームであるのなら、なぜ彼女はこんなに悲痛な目をし、こんなに切実なのだろう？ でも、これ以上、僕はどうすればいいかわからない。凡人の僕には、セックスしか思い浮かばない。彼女の要求に応えられない。腕でも縛ればいいのだろうか？ 首でも絞めれば？

身体を動かす僕の下で、彼女が突然泣く。その声が、幼児性を帯びたように無邪気で、気味が悪くなる。彼女の声も、顔も、酷く汗に濡《ぬ》れた身体も鮮明になっていく。視界が狭くなる。

「あなたに殺されれば、私の罪は消える」

「……え？」

でも、彼女はそれ以上言わない。泣きながら声を出し、僕にしがみついてくる。子供のように。僕は彼女の首に手をかける。彼女が僕を見る。許しを請《こ》うように、でも哀願するように。数秒の間、目が合い続ける。でも先に目を逸《そ》らしたのは僕だった。僕は彼女の首から手を離す。

15

タクシーに乗る。後部座席には探偵の男、その隣は刑事。

フリーライターの神埼カオルから、折鶴事件の兄が通院していた病院名を聞いていた。でもその病院はもうなく、院長だった海江田という男の居場所もわからなかった。探偵の男に依頼すればすぐわかると思っていた時、以前佐藤弁護士から送られてきた精神科のサイトの院長の名が、海江田だったと気づく。

佐藤弁護士は、何か知ってるのだろうか。それとも、日置事件の関係者の一人を、ただ教えてくれただけだろうか。僕が一人で行き、日置事件の長男のカルテを見せてくれといっても無理だから、探偵の男に頼む。元刑事なら、刑事の知り合いがいるはず。これを捜査の体裁にできれば、事情くらい聞けると考えた。探偵の男には、加藤さんの名刺を渡した。ある事件の犯人が日置事件にも関わってる可能性があり、それを捜査に来た刑事と、昔日置事件を担当したことのある弁護士。僕は弁護士の助手。

「せっかくの休日なのに」

若い刑事が何度もそう言う。

「こんな関係ない事件……」

「だから関われとは言ってないだろ？　病院で警察手帳、見せるだけでいいんだから」

探偵の男がそう言って笑う。彼が刑事を辞めたのは、比較的最近かもしれない。

「……でも、あなたが簡単に引き受けてくれるとは思いませんでした」

僕の言葉に、探偵の男はまた少し笑う。

「お礼ですよ。……それにまあ、私もね」

改めて探偵の男を見る。目が細く、鼻も細く、特徴のない顔立ち。今日は新しいスーツを着ている。誰かが何かを言えば笑い、何かをされれば怒るだろうけど、何をしても彼を本気の感情にすることはできないようになぜか思えた。四十代だろうか。五十代かもしれない。胸には弁護士のバッジ。誰に借りたのだろう。

「……ここです」

タクシーを降りる。古びた雑居ビルの二階。

「何か、イメージ違うっすね」若い刑事が言う。「一階風俗店っすよ」

三階はフィットネスクラブ。同じ敷地に、上下の層で全く異なる空間の世界があることに、改めて気づく。この国の、雑居ビルの構造。地下に消費者金融があれば完璧《かんぺき》なのに、と僕は思う。地下で金を借り、一階へ上がってその金を身体《からだ》で返し、その傷を二階の精神科で癒《いや》し、三階で健康になり身体を動かす。四階はなんだろう。

薄汚れた階段を上がり、ドアを開ける。部屋の中は清潔だった。白いタイルの床に、多くの観葉植物の緑。受付の歳《とし》を取った女性が笑みを向ける。《大丈夫ですよ》という笑み。《もう大丈夫、大丈夫ですよ》。小さい頃、僕を治療しようとしたあの医師を思い出す。帰ってきました、と呟《つぶや》きそうになる。若い刑事が口を開く。

「先日電話で連絡させていただいた石野です。院長先生は」

「はい、少々お待ちください」

院長の医師が出てくる。六十歳くらいの、肩幅の狭い男。眼鏡をかけている。彼は一瞬僕を見て、若い刑事に視線を戻す。霊媒師が、思わず幽霊でも見つけてしまったみたいに。挨拶《あいさつ》をし、名刺を交換する。

「……でも、なぜ被害者のことを？」

医師がゆっくり言う。微笑《ほほえ》んでいる。

「お電話でもお話ししたのですが、今回の事件の容疑者が日置事件に関わっている可能性が出てきました。……捜査本部の方針で、日置事件の捜査を洗い直すことになったのです。被害者についての捜査はそれほど重要ではないのですが、念のためという、つまり形式的なものになります」

刑事はそれらしくやっていた。適当にやってバレるよりいいと思ったのかもしれない。

「では狭いので……、診療室で」

医師に疑う気配はなかった。どうでもいいのかもしれない。

「……私の仕事は、人間の受け皿になることです。ダメージを受けた人々の受け皿。この世界には、誰に対しても受け皿が用意されている。それを本人が見つけられないこともありますが」

刑事と探偵の男が頷《うなず》く。

「日置事件で亡《な》くなってしまった太一《たいち》君のことは、さすがによく覚えています。母親に連れられて、だるい身体を引きずるように歩いてきました。……無表情の少年。でも彼は、私にほとんど何もしゃべらなかった。私は彼との信頼関係を築くことができませんでした。当時のテープを聴いても、無口な彼に、ただ語りかける私の声が聞こえるだけです」

医師が力なく笑う。

「……当時、警察はあなたの元へ？」

探偵の男が聞く。

「はい。でも私は質問に答えただけです。彼は犯罪者ではなく、被害者の方ですから。何かトラブルはなかったか、人に恨まれてる様子はなかったかとか。……でも、あの事件は少年達のトラブルによって起こる犯罪じゃない。当時の警察も形式的でしたよ、質問も。……すでに例の冤罪《えんざい》だった犯人が捕まってましたから。話を聞くだけで」

「資料などは？」

「……ありますよ。テープや絵などです。本当は古い資料は破棄するのですが、彼のだけは捨てられなかった。大したものではないはずですが、なんとなく。……本格的に彼の内面に入る前に、彼は死んでしまったんです」

テープを聴く。幼く、低い声。彼は相槌《あいづち》しかうっていない。医師の質問だけが聞こえてくる。彼は黙り続けている。

「あとは絵ですよ、これなんて、よく描けています。思ったものをそのまま描いてと言ったのですが、彼は窓から見える風景を描きました。よほど心を開きたくなかったようです」

美しい色彩の、風景の絵。鼓動が速くなる。

「あとはこの写真。箱庭療法というやつです。人形や木なんかをこの箱の中に配置するんです。それで内面を知ろうとする……」

探偵の男と目が合う。刑事の男も僕を見る。

「……院長先生、申し訳ないですが、少し席を外していただいても……」

探偵の男が言う。医師はなぜか笑みを浮かべ僕達を見たが、やがてゆっくり部屋を出ていく。辺りが冷えてくる。

「……どういうことですか？」

刑事が小さく言う。探偵の男が口を開く。

「……もう、この事件はやめた方がいいですね」

探偵の男が静かに続ける。

「それだけじゃない。……どうやら、あなたは紗奈江さんとも離れた方がいいようだ」

僕は真っ直ぐ資料を見下ろす。鼓動がさらに速くなっていく。

風景の絵の色彩が、事件の現場の折鶴の色彩に似ていた。まるでこの絵が、事件のための試作品であるかのように。そして箱庭療法での配置も、事件に似ていた。それは庭であったけど、これを部屋だとすれば、現場の構図だった。庭の中央からやや右に男の人形が倒れ、隅には女の人形が。日に当たりながら寝ている、と表現することもできる。その人形は笑った顔だから。食器棚は植込み、テーブルはベンチ。自分の死体はない。妹の死体も。

「……どうしてこれを見ても、あの医師は？」

若い刑事がそう言う。探偵の男が口を開く。

「……折鶴の配色は、公表されていない。あまりにも鮮やかで、模倣犯を恐れたから。……それに遺体がどう倒れていたかも、非公開だったんだ。あれだけの事件になると、やってもないのに自分が真犯人だと名乗り出る人間は多くてね、犯人しか知りえない情報をある程度確保しておく必要があった。……だけど、それにしても」

「いや、でもそもそも、おかしいじゃないですか。犯人は巨大な男で、左利《き》きでしょう？　皮膚片までついていた。それに確か防犯カメラがあって、そこには何も映っていないはずで……」

刑事の男はそう言ってきつく目を閉じる。

「何か、酔いました。……気持ち悪い」

僕は黙ったまま、ただ資料を見続けた。

不意に部屋のドアが開き、医師がまた入ってくる。微笑んでいる。何かの仮面のように。探偵の男が口を開く。

「……あなたは、この資料を警察に？」

「……いえ。要求されませんでしたから。……質問にだけ答えました。正直に」

「でも、あなたはプロでしょう？　何も気づかないはずがない。確かに現場の様子は非公開だった。でも、これには」

「だから言ったでしょう？　要求されなかったと」

医師は微笑み続けている。僕達は彼を見る。彼も僕達を見る。

「あなたは、自分の病院に妙な噂《うわさ》が立つのを恐れ、被害者が通ってた病院ではなく、加害者を治せなかった病院となるのを恐れ、このことを……」

「まさか」

医師が手を動かす。虫でも払うように。

「証拠を隠す……、私はそんなドラマチックな人間ではないですよ。要求されれば出しました。……でも要求されなかったのです。要求されもしない資料を、これみよがしに進んで渡せと？　あのように打ちのめされた少年のカルテを？　彼を治療できなかった私の恥と一緒に？」

医師の目が細くなっていく。

「……私は、警察というものが好きではない。とても、とても、好きではないのです。……国家も、社会も。……特に警察は、私にとって許せないものだった。……私の人生は長い。私にも、私の物語があるということです」

「では、なぜこれを今になって？」

ずっと黙っていた僕がそう言っても、医師は表情を変えない。

「あなた達が警察ではないからです。それに、もう昔のことだ。私ももうこのささやかな病院を閉めるつもりでいる。いい機会だと思っただけです。今となっては、私が日置事件の被害者を診察した精神科医と知ってる者などほとんどいません」

医師の表情が、不意に強張《こわば》る。眉《まゆ》や、目や、頬や、唇の下の部分が、不自然に痙攣《けいれん》していく。彼は自分の右の頬を押さえるように撫《な》でたが、痙攣は終わらない。

「そろそろ、いいでしょうか」

医師が静かに口を開く。

「……私の薬の時間ですから」

病院を出、ビルを見上げる。タクシーを拾う気になれなかった。僕が煙草《たばこ》に火をつける。空気が冷えていた。伏し目がちに携帯電話ばかり見る女が、一階の風俗店に入っていく。

「……僕は、帰ります」

刑事の男が呟くように言う。

「僕は関わりません。最初の約束ですから。……こんな事件に関わると、自分の仕事にまで妙な影響が出てしまう。……冤罪の犯人は釈放されてるし、どうやったか知らないですが、兄が犯人だったとしてももう死んでる。……遺族の妹から捜査の催促もない。遺族がいないとか、遺族が積極的でない事件は、次第に忘れられるのが常です。でも」

彼はそう言って煙草の火を消し、探偵の男を見る。

「また何かありましたら、協力させてください。……こういう形でよろしければ。僕はあなたに本当に世話になりました。……今でも、また刑事に戻って欲しいと思っているんです」

刑事が頭を下げ、去っていく。僕は取り残されていく感覚に、心地良さを覚えている。

「……賢明な男です」

探偵の男が二本目の煙草に火をつける。

「関わらない方がいい。……時々、こういう事件があるのです。刑事を狂わせるような、こういう」

「……なぜ僕が、紗奈江さんからも離れた方がいいと？」

僕がそう言っても、探偵の男は何も言わない。彼が歩き出す。ついて来いというように。

「初めにそそのかしたのは私ですが、もうあなたも、この事件はやめにしましょう」

「どうしてです？」

「日常に戻るんです。あなたの生活に」

男が僕を見る。

「色々と、あなたは妙な人間達に会ったのでしょう？　親しくなることなどなかったはずですが、でも確かに妙な人生を送った人間達に会った。……私もその人間の一人かもしれない。刑事として、探偵として、私は人の人生ばかり観察しながら生きてきました。休むこともなく、必要以上に、他人達の人生の中に入り込んだ。容疑者のことを、被害者のことを、探偵になってからは調べる対象のことばかり考えてきた。でもそれは、そうする必要があったからです。自分の人生を、他人を見つめる傍観者のように生きること。そうしていなければならなかった、私は」

　男が僕を見続ける。

「あなたを初めて見た時、私に似ていると思いました。あなたは自分の人生から離れたがっていると。何かに巻き込まれて自分の本質を忘却したいと思っていると。自分の人生から遊離しようとしていると。……あなたとデュエットを組むようにこの事件に入れば面白いようにも思えた。でも、自分と似ている存在を目の前に見ることは、決して愉快な経験ではありません」

　周囲の温度がさらに冷えてくる。

「それほど親しくなったわけじゃありませんが、あなたは全然やり直すことができると思います。あなたはまだ若い。もし生きていれば、私の息子とほぼ同じ年齢というほどに。……あなたは日常に戻る時です。もういいでしょう。この先は。このままいけば、あなたは登場することになるかもしれませんよ。数年後、またこの事件に取り憑《つ》かれた人間が現れた時、あなたが会った奇妙な人間達の一人のように。今みたいに、右目の端の痙攣が治まらない、今度は中年の男として。……日常に戻るんです」

「戻って、何を？」

「……生活ですよ」

「生活？」

「もう少し真っ当な女性と付き合って」

「……そして？」

「弁護士になるのでしょう？　なればいい」

「それからは……？」

「弁護士になって、お金を稼いで、結婚して、たとえば子供をつくり」

「……それで？」

「子供の成長を楽しみに、仕事の実績を積んで」

「……それで？」

男と目が合う。僕は男より先に口を開く。

「今は僕の番なんですよ。今、Rは順調な人生をどこかで送ってるはずです。だから今は僕の番なんです」

「……は？……R？」

男が怪訝《けげん》に僕を見る。僕はわざと言ってるはずなのに、彼は真剣に僕を見る。わざとなのに。探偵の男が深く息を吸い、口を開く。

「言うつもりはなかったですが、一つ教えましょう……、紗奈江さんは、あなたに会う前に、あなたのことを調べていたんですよ。探偵を雇って。いいですか、彼女はあなたのことを事前に調べていたんです」

「へえ」

「……驚かないのですか。彼女はあなたのことを事前に調べていたんですよ。探偵を雇って。いいですか、彼女は」

「紗奈江さんとは、もう離れることはできませんよ」

「何がですか、愛情ですか」

「わかりませんけど、離れることなんてできません。……ねえ、知ってますか？　彼女の首がとても細いことを。泣くような表情で僕を見て、声を出す時の彼女の首がとても細いことを」

「……新見さん？」

「彼女が望んでいるんです。僕に望んでいることがあるんです。初めてですよ。子供の頃からずっといらないと思われてきた僕が、誰かに何かを望まれるなんて。役に立つなんて。彼女の首は……」

頭痛がする。というより、僕はずっと、頭痛を感じていたのに気づく。周囲を他人が歩いていく。暑苦しい息を吸って吐く、他人達の群れ。酔う。吐きたくなるほどに。

「彼女の首は……」

僕はこめかみを押さえる。呼吸が荒くなる。何かを言い続ける探偵の男を、手で押し留める。男はしつこい。酔いが激しくなる。僕は彼から逃れようとし、人混みの中に入る。男はなかなか諦《あきら》めようとしない。僕は人混みの中を歩き続ける。離れるしかないから。この場所にはいられないから。

16

また債務者が来る。今日は多い。

債務者の群れは次々とこの事務所に入り、喜んだり、悲しんだりして帰っていく。雑居ビルの空間。一階は居酒屋。二階は歯医者。債務者が客、という仕事。

休憩時間ではないけど、外の非常階段に出て煙草《たばこ》を吸う。雨が降っている。憂鬱《ゆううつ》な雨。机に戻ると市井がいる。手には書類。薄い一枚の紙。

「介入通知書の確認お願いします」

どうして僕に聞くのだろう？　こんなことをわざわざ？　書類を見、不安になる。この圧迫はよくない。

「……文字の場所がさ、上過ぎないか」

「え？」

「だから、ほら、これでは下に余白が多過ぎるだろう？　見てる人が圧迫されてしまう」

動悸《どうき》が速くなる。

「……圧迫？」

「だから、白にさ、白にだよ」

とにかく書き直せと言おうとした時、木塚が近づいてくる。彼らは何だろう。僕と身体《からだ》の距離が近過ぎることに、なぜ気づかないのだろう。頭痛がする。頭の血管を小さな手でひねられたような痛み。

「……加藤さんがお呼びです」

僕は救われた気分になり、急いで立ち上がる。加藤さんの部屋に入ると、壁がなぜか白く見える。元々白いのに。さらに白く見える。

「……どういうことだ？」

僕は頭痛を感じながら加藤さんを見る。彼はなぜ真剣な顔をしてるのだろう。僕の頭がこんなにも痛いというのに。僕の頭痛ほど大したことなどどこにもないのに。

「……見てみろ」

加藤さんがパソコンの画面を向ける。山辺から、加藤さんへのメール。加藤さんを訴えるというメール。僕と協力して訴えるというメール。

なぜか、加藤さんが目の前にいることに、改めて気づく。さっきからいたはずなのに、僕はそう感じていた。山辺がつまらないことをしていた。僕の名前を出すなんて。使えない、と僕は思う。こんなことすら役に立たないなんて。

全《すべ》て見た通りですよ、とは僕は言わない。あなたがくだらないから陥《おとしい》れようとしたんですとも。

「全て見た通りですよ」

「……は？」

「あなたがくだらないから陥れようとしたんです」

加藤さんの額が微《かす》かに赤黒くなる。頬も、喉《のど》も。僕は胸ポケットのレコーダーを取り出す。加藤さんの声が流れ始める。僕が再生したから。

《契約の子達には、全員辞めてもらうことになる》

加藤さんが僕を睨《にら》む。僕は今の状況に、上手《うま》くついていくことができない。

「……どういうつもりだ。お前は……」

《契約社員は、元々更新制だし辞めさせられるけど、正社員はそうはいかない。……できれば、自発的に辞めてもらいたい。……木塚と高岡にね》

「こんなことをして、何もなく済むと思ってるのか？　聞いてるのか？」

僕は加藤さんの開き続ける口をぼんやり見ている。人間の口は汚い。何かを食べたり吐いたり女を舐《な》めたりする口。

《ただ、彼らに何かのミスがあったらね、…………毎回俺に報告してもらいたい。俺は彼らを注意することになるんだけどね、……それで、君も今までみたいに彼らに優しくはしないで欲しい。やんわり気づくだろう、彼らも》

「これが知られれば、あなたもちょっとまずいですね」

「……そんなことさせるわけないだろう」

加藤さんの真面目《まじめ》な顔に、僕は驚く。

「ハハハハハ！　すごいっすね。すごい真剣じゃないですか」

「……は？」

「別にいいじゃないですか。大したことじゃないですよ」

僕は自分を止めるつもりがない。

「こんな世界にしがみついていたいのですか？　何のために？　ちやほやされるため？　女とやるため？　贅沢《ぜいたく》をして自分は特別だと存在を噛《か》み締めるため？　茶番ですよ、いいじゃないですか」

「……何を言ってる？」

「そんなことより、彼女の目を見てください。僕の奥に届くあの弱々しい目、僕の本来を教えてくれる目」

　部屋が冷えてくる。

「僕は人生の価値を変えたんです。人生の価値を。たとえば独り身で、憂鬱な仕事をし、でも蝶《ちょう》の収集を本気でしてる男がいるとするでしょう？　その男にとっての人生の幸福は蝶ですよ。その男の一日の価値は、いかに珍しい蝶を収集できるかどうかです」

　部屋がさらに冷えてくる。レコーダーから声が流れ続けている。

《……お前、そういうタイプだっけ？》

　辺りが静かになる。加藤さんは僕を真剣に見続けている。動悸が治まっていく自分に気づく。何かを無造作に放り投げた後は、こんなにも静かなのだと思いながら。

「……お前、これをどうするつもりなんだ」

　僕は深く息を吸う。さらに落ち着くために。

「……どうもしないですよ。……もし良かったら、彼らの退社を会社都合にしてください」

「それだけか？」

「僕が辞めます。それで浮く多少の費用を使ってください」

加藤さんが僕を見る。訝《いぶか》しげに。

「……今度はヒーロー気取りなのか？　何にもならんぞ、そんなことをしても」

「……そうですね。何にもなりません、知ってます」

「いいか」

加藤さんが声を荒げる。外に聞こえない程度に。

「確かに俺のやり方にはまずい部分もあるだろう。でもな、いいか、結局はそれが正しいんだ。……なぜ俺が彼らのことを考えず追い詰めようとしたか。それは彼らが気を回してやるほど優秀でなかったからだよ。彼らは危機感もなく、責任を取ることも知らず、いつもお前に聞いてばかりだ。自分で真剣に考えることもなく、何度言っても決して直ることもなく、ひっそりお前に聞きにいく。そうだろう？　ここで彼らに気を遣って優しく辞めさせれば、彼らは何の反省もなくまた次の職場で同じことをくり返す。だが邪険に扱えばどうだ。少しは目が覚めるんじゃないか？　結局は彼らのためになる。恋人が欲しい欲しいと嘆くかなり太った男には、痩《や》せなきゃ無理だと冷たく言うのが効果的だろう？　君ならすぐ恋人ができると言うのは逆効果だ。俺が彼らを邪険に判断したのは、彼らにはそれくらいの価値しかなかったからだ。そして俺のそういうある意味で自然な行為が結局彼らのためになる。人間は強いショックを与えなければ中々変わらない。だから社会では自然に思ったことをすればいいんだ。そして」

加藤さんの言葉は終わらない。

「お前が今抱えてるくだらない虚無みたいなママゴトを、俺が知らないとでも？……そんなものは、もう何十年も前に自分の中で消化してるんだよ。当然だ。俺が人生に現れる現象の全てを、心の底の底から完全に祝福してるとでも？……俺は人間の限界を知っただけだ。一見くだらないと思っても、生活の中に身を置くことで、生活は幸福の感覚を享受《きょうじゅ》させようとしてくれる。こっちがそんなもの幸福と思っていなくても、くだらないと思っていても、向こうからは健気《けなげ》に！　俺は謙虚になっただけだよ。毎日を受け入れる。弁護士の成功の喜びも受ける。正確に言えば甘んじて受ける。そうやって社会の歯車の中で生活していけば、俺みたいなくだらない存在だって誰かのためになる。そうやって生きてくんだ人間は。本当の賢さとは世界を斜めから見ることじゃない。日常から受けられるものを謙虚に受け取ることだ」

「……生きるには謙虚さが必要と？」

「そうだ」

「では昔の日本みたいに、天皇万歳と死ねと言われて受け入れるのも謙虚さですか」

「そんな話はしていない」

「原発が破壊されても、これまで恩恵を受けてたのだからみんなに罪がある、というくだらない意見も謙虚さですか」

「お前は極端なことを言ってるだけだ。若い人間はすぐ議論を極端にして逃げようとする」

加藤さんと目が合う。僕は疲れていく。味わったことがないくらいに。

「……お前の意見を通すよ。彼らは会社都合の退職にする。退職金も払う。でもお前は辞めろ」

「……はい」

「お前はもう、この業界では働けないようにする。なぜなら、それが俺のやり方だから。……そのレコーダーは好きにするがいい」

僕は加藤さんに頭を下げ、出て行こうとする。自分の下げた頭の角度が、思ったより深かったのに気づく。

「……俺には子供がいない。……自分の息子のように思ってたよ」

「……僕もです」

言った後で、その言葉が、様々な意味で本音だったのに気づく。もう一度頭を下げ、僕は出て行く。


僕は酔っている。当然のように。

彼女の部屋に入る。歩くことはできるのに、わざとふらついてみたりしている。彼女はテーブルの椅子《いす》に座り、僕より酔っていた。何も読んでないのに、何も観《み》てないのに、泣いている。髪の毛がほつれている。僕は彼女の泣き顔を見ながら、少し欲望を感じる。

少し前までは片付いていたのに、散らかった部屋。弁当のゴミ、ペットボトル。数日前に、僕が脱がした下着。

「……どうしたの?」

僕が聞く前に、彼女がそう聞く。

「君を駄目にしようと思って」

彼女に近づき、キスをする。彼女の舌の裏側を舐め、上唇を口に含む。彼女は僕がそうすると、さらに泣いた。やだ、やだ、と言うのに、服を脱がす僕を止めようとしない。服なんて着てやがる、と僕は思う。もうこんなにも濡《ぬ》れているのに、服なんて。

「……僕のことを調べてたんだろう？……どうしてだ？」彼女の首筋を舐め、下着を脱がしながら聞く。彼女は泣いている。

「目的はなんだよ」

彼女が悲痛な目で僕を見る。その目を見ながら、僕は口を開く。

「……もっとだよ、もっとだ」

僕は彼女に溺《おぼ》れたいと思っている。何もかも、どうでもよくなるほどに。でも、そんな自分を、客観的に見るもう一人の自分を感じる。その視線はうるさい。それでどうなる？　と僕は思っている。それでどうなるんだ？　乳首を舐めて性器をいじって入れて、お前が射精するだけだろう？　それでどうなる？

「それじゃ足りないよ。僕はおかしくなれない」

彼女の性器に自分の性器を入れながら、僕は言う。彼女のセックスに不満などあるわけがない。僕の感受性の問題だ。それでどうした？　と僕はまた思っている。このまま気持ちよくなって射精して、それでどうなる？　その後は？　勃《た》つまで待つ？　その後は？

「……首を絞めて」

彼女が突然言う。喘《あえ》ぎながら、僕を真剣に見ている。それが性的な要求でないことが、彼女の目から伝わる。僕は彼女の首に手をかける。少しずつ、力を入れる。

「そう、そのまま、ずっと力を入れるの。……あなたは、愛されなかったのでしょう？　小さい頃に、愛されなかったのでしょう？……たったそれだけのことなのに、いいいいいいいいいいいいいいいいい、こんなにも大変なことになる。……私も」

彼女が泣く。

「でも、私を殺せば、その空白は埋まる。違う、もう、その空白自体、意味がなくなる。……だって、それはあなたが、完全にこの世界を支持しないことを意味するから。この世界の温度を望まないのを意味することになるから。……あなたは別の場所に行くことができるから」

「……でも、僕は一人で残るじゃないか」

「大丈夫。引き出しに瓶がある」

彼女が僕を見てまた泣く。僕は彼女の首を絞める。強く。とても強く。

でも、僕は不意に涙が出ている。なぜなら、僕が彼女の首を強く絞めるのは、せいぜい2秒くらいだとわかっているから。そして実際に、今はもう、こんな風に力を抜いているから。彼女の悲しく失望した顔を、目の前に見ているから。現代の男は、というよりも僕は、一人の女性に人生を狂わされ、完全に溺れることなんてできないから。そんな純粋にはできていないから。

「……僕は、君が望むようにできない」

僕は自分が射精する前に、自分の射精による快楽の度合いをもう予想している。そんな人間だ。

「君の目的の意味はわからないけど……、選手交代だ。……僕の小さい頃の狂気も、狂気以外の僕の個性も、全部平均化されていく世界の中で消えてしまった。……長い長い日常の中に。僕には何もない」

僕は今の職場をあのように放棄したとしても、明日から、また就職活動をするだろう。やりたくもない仕事をするために、これからも頭を下げ続けるだろう。人生を台無しにする勇気もなく、愛してもいない自分の人生に固執し続けるだろう。後生大事に、この小さい人生に固執し続けるだろう。

「……僕は犯罪者にすらなれない」

それなのに、内面にはRがい続けるという矛盾。解放もできないのに、恐らくこれからもずっとRが生涯い続けるという矛盾。

17

その夜、彼女が話す。

暗がりの中、僕が起きているると気づいていたのか、ベッドで横並びになりながら。時々余震で部屋が揺れた。微《かす》かに雨が降り、窓に力なく水滴が当たり、徐々に止《や》んでからまた微かに降り始めた。彼女は塞《せ》き止めていたものが溢《あふ》れるように、ではなく、一言一言を、搾《しぼ》り出すように話した。

「……父が、可哀想《かわいそう》だった」

彼女の言葉は、これまでの僕の知った断片を繋《つな》ぎ合わせていった。聞き終わった時、というか今でも、僕は彼女の言葉の細部を頭の中で整理しようと努めていた。あの事件は何か意図的なトリックがあったわけではなく、様々な心理から生まれた様々な現象が、複雑に混ざり合っていた。彼女が話したのは日置事件のことであるのと同時に、彼女の人生のことだった。まるで死ぬ前に、全《すべ》てを何とか放り出すように。

日置剛史の妻、由利は美しかった。

子供である彼女、紗奈江の目からでも、二人は歪《ゆが》みを感じるほど不釣合いに見えた。由利は何か大きな恋愛をいくつもして、安堵《あんど》を求めるために剛史と結婚したのではないか、と紗奈江は思っていた。由利の手首には古い大きな傷があった。試した傷というよりは、確信の元に切った厚く深い跡。一度は死んだ人間として、余生のように、結婚でもしてみようか。子供を可愛《かわい》がり、夫の剛史と笑顔で会話をしていても、由利にはどこかそんな雰囲気があった。

「父はずっと苦しそうだった。母のことが好きでたまらなかったから。……異常なくらい。生まれたお兄ちゃんと私が、本当に自分の子なのかと思ってしまう自分にも、苦しめられてたみたいだった。……私もお兄ちゃんも父の子供なのに、絶対に、そうだと決まってるのに、私達は少しも父に似てなかった。母にだけとても似ていた。父の、言い方は悪いけど、醜い血を弾《はじ》くみたいに」

剛史はでも、由利を嫉妬《しっと》のあまり怒鳴ったり、殴ったりする男ではなかった。区役所の出先機関の職員として勤勉に働き、妻をしかることもなかった。自分が得体の知れない嫉妬を感じていることも、正直に由利に話していた。剛史は紗奈江の目から見てもかなり平凡な男だったけど、真面目《まじめ》だった。誠実でもあった。

「夜、両親の部屋から声が聞こえてきたことがあった。父が、本当か？　と聞いていた。母の、何というか、小さく喘《あえ》ぐ声が聞こえてくる中で、父の、本当か？　という声が。……父は、私を可愛がってくれたけど、時々、すごく冷静な目で私の動作を見ていることがあった。まるで、私の生物的な動作を観察して、本当に自分の子か確かめるみたいに」

一度、剛史は由利が男性と歩いているのを目撃してしまう。でもそれは由利の浮気ではなく、その場には、由利の友人の女も一緒だった。その男性は、その友人の恋人でもあった。でも、剛史の内面は、剛史本人も驚くくらい乱れてしまった。こんなことで嫉妬するなんておかしい、と思ってるのに、心の奥底で、どうしても疑い、嫉妬してしまう自分を感じていた。そのもう一人の自分に、剛史は脅えた。解決するには、そのもう一人の自分を静めるしかなかった。

「父が、母の自転車を壊した日のことを、よく覚えてる。おかしくなって壊したんじゃない。父はちゃんと冷静に、母に自転車を壊していいかと聞いていた。『本当に申し訳ない。疑ってるわけじゃないし、こんなことをしても意味がないこともちゃんとわかってる。でも、こうすると安心する自分がいる。ちょっとおかしいと思うかもしれないけど、これが済めば、僕は落ち着くことができるから。また元に戻ることができるから』。……母も頷《うなず》いていた。壊さずに捨てればいいはずだけど、母は口に出さなかった」

剛史は、その男性が、いずれ恋人より妻を好きになるんじゃないかと恐れた。でもそれは剛史の被害妄想《もうそう》ではなく、実際に当たっていた。紗奈江は、家の電話に、よく男から電話がかかってきていたのを記憶していた。その度に由利は何かを断っていた。明るく、冗談を交えながら。次第に電話はかかってこなくなった。母には人を狂わせる何かがあった。

「父は、いつもお洒落《しゃれ》な服を着て、髪型も月に一度は美容院に行っていた。だけど、何というか、全身を覆《おお》う素朴さは抜けなかった。父の会話はいつも面白くなかった。誠実な会話ではあったけど、決して面白くはなかった。でも、素朴さは美徳のはずなのに、父にはそう思えなかった。目の前に母がいたから。母はそこにいるだけで、その場所の中心になるような女性だった。母は、平凡な父の人生に突然現れた、この世界の幸福の全部だった。……失うわけにはいかなかった。母は、父をも特別な存在にしてくれるから。……父はよく、母の手首の傷を見ていた。羨《うらや》ましそうに。これほどまで美しい女性を、自分が愛している女性を、そこまで思いつめさせることのできた相手に嫉妬するみたいに。自分も、できることなら、その傷を妻につけてやりたいというように。……もしかしたら、子供の頃の父の家庭は不幸だったのかもしれない。ずっとずっと、長い間、何かが父の中に棲《す》んでいたのかもしれない。いつまでも自分に全く似ずに成長していく私達を見て、父の中の何かが大きくなっていったのかもしれない」

セールスマンが置いていった子供用の教材サンプルを見た時、そして名刺にプリントされていたその若い男の顔を見た時、剛史はまた混乱した。混乱する自分に脅え、また自分を静める方法を考えなければならなかった。防犯カメラだった。

「父はその時も、理由を母に説明していた。別に監視するわけじゃない。ただ、そうしてると安心するだけなんだって。……家に防犯カメラを設置するのは別に珍しいことじゃない。でも、父は人の出入りが可能なところ全部にカメラをつけた。玄関、裏口、小さい庭に下りるためのガラス戸、夫婦の寝室の窓。……でも、近所の人からは、ちょっと神経質な家、と思われてただけだったと思う」

剛史は実際に、防犯カメラのテープを毎日確認したり、テープを入れ替えていたわけではなかった。あくまでも、自分が安心するために、妻を監視するというよりは、自分を静めるために設置していただけだった。カメラの映像はでも、一日を撮り終えるとテープが自動で巻き戻り、また上書きして撮影する仕組みになっていた。だから、やろうと思えば、剛史はいつでもテープをチェックすることはできた。

洗面台の前でぼんやりする剛史を、紗奈江はよく見るようになった。その頃、剛史は急激に老《ふ》けていた。年齢の重なりと共に、ただでさえ醜かった剛史の顔はさらに歪んでいくように見えた。剛史と由利の歩く姿は、親子のようでもあり、でも似ていないからどのような関係にも見えなかった。鏡の前に立つ様子を紗奈江に見られると、剛史はいつも彼女を邪険に手でどけた。まるで憎むかのように。

「家の中が、さらに重苦しくなった。父の暗部が実際に、カメラという、形を持った目に見える物体として周りに出現したみたいだった。母は、抵抗する気がなかったのだと思う。人生に抵抗するよりは、受け入れて流す。そんな生き方をするようになっていたんだと思う。恐らく、過去に人生に抵抗して、これ以上ないくらい、手首の皮膚を深く損なうくらい、傷ついた人だったから」

由利は決まった時間に買い物に行き、それ以外は、外に出なくなった。自分がむやみに出かけることで、夫をまた混乱させるのを恐れたから。由利が家の中を執拗《しつよう》に掃除するようになったのは、その頃だった。掃除をしていないと、この閉ざされた空間が腐っていくと思ったのかもしれない。常に清潔を保っていないと、自分達が沈殿し、澱《よど》んでいくと思ったのかもしれない。

「母の掃除は異常だった。一日に、家の中のあらゆる箇所、あらゆる家具、全部を拭《ふ》いた。拭ける場所があると嬉《うれ》しそうだった。私と兄にも、掃除を義務づけた。強くはないけど、要求するようになった。父は毎日早く帰宅して、夜になると、毎晩母を求めてたみたいだった。『もしお母さんがお父さんを置いていったら、紗奈江はお父さんと暮らすんだぞ』父が笑顔で私にそう言った時、私は怖くなった。よくない言い方だけど、こんなつまらない人と一緒に暮らすのは辛《つら》いと思った。……それで、お兄ちゃんが少しずつ壊れた」

家族の均衡が歪み始めると、その中で、最も弱い者にその重さがのしかかる。兄は当時14歳で、歪みの影響を受けやすい時期でもあった。

「最初、お兄ちゃんは、私に下着を見せてくれと言った。冗談みたいに。私は11歳で、エッチなこと、というのがあるのはわかっていたし、子供がどうやって生まれるのかも知っていたけど、それを具体的に考えたことなんてなかった。私は母から言われていた掃除のノルマをお兄ちゃんにやってもらう代わりに、下着を見せた。スカートをまくって。お兄ちゃんは、私が吹き出してしまうほど、真剣な目をしていた。私も、なぜかそうしていると、スっとする自分を感じた。よくわからないけど、沈殿していく家の中で、溜《た》まっていた緊張が何かの隙間《すきま》から抜けていくみたいで」
兄の太一は次第にエスカレートしていった。兄は紗奈江にキスを求めた。紗奈江は始め、柔らかく、何というか、自分にとても近い身体《からだ》の部分に触れられることに抵抗を感じたけど、兄は外国では家族でキスするじゃないかと説得し、紗奈江にキスをした。兄は舌も入れた。兄のキスはガムの味がした。今でも、紗奈江の中に残る味だった。

「それから、お兄ちゃんは私の膨らみかけた胸を、服の上から不器用にさわるようになった。お兄ちゃんは私に、好きだと言った。お兄ちゃんのズボンの真ん中がとても膨らんでいた。可哀想なくらいに。……でも、私はそれ以上は怖かった。『お父さんとお母さんに言うよ』と私は言った。それ以上したら、私言うからって。……お兄ちゃんは辛そうだった。でも私は怖かった」

その頃、夜になると由利は彼女に絵本を読むようになった。内容は覚えていないけど、12歳になろうとする彼女にとってそれはひどく幼いものだった。母は、絵本を聞いていれば、掃除は半分でもいいよと不思議なことを言った。紗奈江はそのつまらない絵本を辛抱強く聞いた。朗読は、内容の幼さとは裏腹に、由利に芽生えかけていた悲鳴を現していたのかもしれない。その朗読はいつも剛史によって中断した。「もう寝なさい」と剛史はまるで紗奈江をしかるように言った。その時の剛史の紗奈江を見る目は、いつもとても冷たいものだった。由利はその度に、紗奈江に笑顔を向けて彼らの寝室に帰っていった。紗奈江は、利用されている、とぼんやり思った。あの朗読にどのような意味があったのかまではわからなかったけど、利用されているという思いだけは彼女の中に残った。

「母は、次第にリビングのテーブルでぼんやりするようになった。防犯カメラは、常に何かの視線を感じさせた。母は家の中の隅々まで掃除をし続けて、どこにも出かけていないのに、お昼に突然、シャワーを浴びることもあった。私はなぜだかわからないけど、息を止める癖がつくようになった。家にいると、自分が、口を閉じて息を止めていたのに突然気づくことがあった。……父が私に、『お前は俺に似てるなあ』と言ったこともあった。申し訳ないくらい、私は父に全然似ていなかったのに。『俺の悪口を言ったりする？』と突然聞くこともあった」

やがて朗読はもう行なわれなくなった。兄は、夜に由利が一階の夫婦の寝室に向かうと、よくトイレに行くようになっていた。トイレは一階にあった。兄がそこで一人で何をしていたのかはわからない。兄は紗奈江の前で、やがて下着を脱ぐようになった。

「それが、初めてみた男の人の、大きくなったものだった。……それはとても切ないものに見えた。何かを出したくて仕方がない、悲しいものに見えた。お兄ちゃんは、私の前でそれを触って、自分で出した。それで、私に言った。『僕がこんな恥ずかしいところを見せたんだから、紗奈江も見せてくれよ。僕ばかり、不公平じゃないか』」

兄は、昔から物事に敏感な子供だった。でも何かがあると泣くのではなく、じっとうつむきながら耐える傾向にあった。その耐えている時の兄の表情は、とても美しいと紗奈江はいつも思った。兄はその年齢の少年がよくそうなるように、内面の世界を守り、大人になるのを拒否しようとし、でも暴走していく性に混乱していた。通常、少年はその性を受け入れることで、むしろその性の達成を目指すように外部へ向かい、大人になるのを受け入れる。でも兄は、その性を目の前の美しい妹に向けてしまった。自分を奇妙に愛していた兄には、その血を分かつ妹は許容できる存在であり、むしろ激しく求めたくなる存在だった。外部に出て行きたくはなく、むしろ出て行く必要もなかった。軽度のクラス内のトラブルから、兄は徐々に学校に行かなくなっていた。やがてほとんど、部屋の中にいるようになっていた。二人は15歳と12歳になった。

「それでお兄ちゃんは、あと二年たったら、僕達はしよう、って言ったの。自分が17歳になって、私が14歳になったら。みんな汚れてるから、僕達だけの世界の中にいようって。『だから、それまで紗奈江は、誰にもふれちゃいけないよ。……さわられてもいけない。汚れてしまうからね』」

紗奈江は、押入れの中で寝るようになった。寝ている時に何かされるのが怖かったから。押入れの中に入り、引き戸に内側から細工しておけば、押入れは開かない。その暗闇の中で彼女は、誰か一人いなくなれば、と思った。

父がいなくなれば、この異常な空間はなくなる。母がいなくなれば、父もこんなことはしなくなる。兄がいなくなれば、自分への実害はなくなる。自分がいなくなれば、怖さを感じるこんな自分もいなくなる。

誰か一人いなくなれば。

18

その頃、下校中の児童に睡眠薬入りの瓶ジュースを渡す、変質者の事件が起こっていた。学校の帰り道、紗奈江はその男から瓶を渡された時、酷《ひど》く嬉《うれ》しさを感じた。

「友達と四人で歩いてた。その男が〝瓶ジュース男〟なのはすぐにわかった。学校の先生から、出会ったら近くの大人に助けを求めなさい、と言われてたけど、近くに大人なんていなかった。噂《うわさ》では、大人しくジュースをもらいさえすれば何もされないと言われてたから、友達も怖がりながらもらっていた。〝瓶ジュース男〟は、私達が受け取ったのを見て満足そうだった。私は、怖がってる友達の瓶までもらうことにした。手元に四本あった。嬉しかった」

もし兄がエスカレートしてきたら、これで眠らせることができる。紗奈江はそう考えた。眠らせても問題は解決しないけど、何かの武器を得たような気持ちになった。

その頃、紗奈江は眠れずに、押入れの狭い暗闇《くらやみ》の中で怖さを感じていた。怖くなったらこれを飲めば眠れるとも考えた。押入れは外から開かないから、眠っても大丈夫だと。

紗奈江は翌日教師から呼び出され、全部捨てたと答えた。剛史と由利にも、そう答えた。でも兄は、本当は持ってるんだろうとしつこかった。紗奈江は首を振り続けた。

「お兄ちゃんは、それを欲しかったんだと思う。私に飲ませたかったんだと思う。眠ってる時なら、私に何をしてもばれないから。父や母に言われることもないから。……でも、結局持ってることはお兄ちゃんにばれてしまった。お兄ちゃんは、試しにそれを飲ませてくれと言った。一口飲んでも眠れないけれど、三分の一くらい飲むと眠くなるみたいだった。兄はそれから、一口だけでいいから飲ませてくれとたまに言うようになった。私はそんな兄が少し不気味に見えた。一口や二口ほど飲むと少しぼんやりして、楽になる気がすると言っていた。……思い込みの激しい人だった。私とも一緒になると、頭から信じ切っていた」

防犯カメラは、剛史がいなくとも、そこに常に剛史の存在を感じさせた。由利の息苦しさは、彼女の精神の内部で、耐えられない重さにまでなろうとしていた。ある日、由利が太一と紗奈江にカメラを変えたことを知らせる。あの夫を混乱させず、波風も立てず解決するにはそれしか方法がなかった。そのことを話したのは、剛史が職場から帰宅する前、太一と紗奈江が学校から帰ってきた直後の、わずかな時間でのことだった。「カメラがあるのは、息苦しいでしょう？　だからね、ちょっと細工をしてもらったの」。由利はあくまでも、おどけたように言った。裏口のドアにあるカメラを、由利は人に頼んで細工をしてもらった。簡単な細工だった。一日の周期で巻き戻り、上書きされていくテープを、映像はそのままに、表記される日付だけが更新されていくように。映像に関わる回線を遮断し、日付だけが機能を保つように。その日から、裏口の防犯カメラには新しい映像が映らなくなった。裏口を撮るカメラの風景に、日によって変化などあるわけがなく、たとえテープを確認されてもばれるわけがなかった。それは、由利と太一と紗奈江だけが共有する秘密だった。家族の中で、愚かな剛史だけを除き、美しい三人だけが共有する秘密だった。

「母は、だから息苦しくなったら、裏口を使いましょうと言った。母は、防犯カメラが設置されてから、何となく家から出なくなった私と兄に気づいていた。母が誰にそれを頼んだのか、私は知らない。でも、過去の何かの人脈をつかって、電化製品などを開発してる人とか、機械にちょっと詳しい人とか、そういう人に、頼んだのかもしれない。母は過去、プロの野球選手とか、テレビのキャスターとかとも交流があったくらい、知り合いの多い人だった。母の過去の人脈は、私には謎《なぞ》だった。つまりその防犯カメラの簡単な細工は、母の過去からやってきたものだった」

そのことで、澱《よど》んでいく空気は少しだけ軽くなったようにも思えた。でもそれも長くは続かず、むしろ酷くなっていくように、家族を覆《おお》う空気は再び重くなり始めた。

「母は、父がいない時、その裏口から外に出るようになった。母が浮気を始めたのか、私は知らない。でも、カメラを細工してくれた人とか、その仲介をしてくれた人などに、お礼も兼ねて会ったくらいはしたはずだった。……でも、母はその頃から、急に塞《ふさ》ぎこむようになった。色んな交流が再開するにつれ、自分の生活がいかに惨《みじ》めかを再確認したのかもしれない。母は家から出なくなった。そしてまた掃除を始めた」

太一は母親が浮気していると、紗奈江に言い続けた。根拠があるわけではなかったけど、裏口からそっと出ていく母の姿は異常に映った。「だから母さんや父さんのことは気にしなくていいはずだ」と兄は言った。みんな汚れてるんだから。僕達だけが清潔なんだから。

兄の不登校を、由利は心配したが、剛史はあまり関心を示さなかった。むしろ、兄が家にいれば、母を監視させられると考えていたのかもしれない。剛史は、もう由利を愛しているから監視するのか、監視するという行為が自分の中に住み着き、そうしないと不安になる精神のサイクルが体内に構成され、監視のために監視をするような状態になっていたのか、自分でもわからなくなっていた。兄はもう父と母と会話するともなくなっていた。妹だけに内面を開いた。開き過ぎるくらいに。

「お兄ちゃんは、私にキスをして、胸を服の上からさわって、自分で性器をさわって出していた。子供の私は、変な言い方だけど、それが楽しかった。ふざけてるような感覚で、楽しかった。でもそれ以上はとても怖かったから、いつもお兄ちゃんがそれ以上しようとした時、お父さんとお母さんに言いつけると言い続けた。お兄ちゃんが言う二年後になったって、それ以上はしないからと言い続けた。それで、なぜそんなことを言ったのかわからないけど、二年後にはお兄ちゃんより格好いい人と付き合って、その人にさせてあげるんだとお兄ちゃんに何度も言い続けた」

紗奈江は時々、これまでのことを父と母に話すよと、兄に言うようになっていた。その度に兄が動揺し謝る姿が、見ていて面白かったから。追い詰められる兄を見ていると、ざわざわと、胸騒ぎがした。でもそれは、紗奈江にとって心地いいものでもあった。兄が言いなりになることは、紗奈江にとって楽しいことになっていた。12歳の紗奈江の中に、何かが生まれていた。

「お兄ちゃんは、あいつらなんて殺してやるって、よく言うようになった。あいつらとは、父と母のことだった。一度、お兄ちゃんが書いていたノートを見たことがあった。お兄ちゃんは、狭く苦しい場所にはまりこんでいた。私が押入れの狭く苦しい場所にいるのと同じように。私はそんなお兄ちゃんを見ているのに、追い詰めようとした。追い詰めてしまうのは駄目だとわかっていたけど、どうしても、そうしたくなった。誰かが一人いなくなれば、と私はずっと思っていた。私を助けてくれるヒーローを、ぼんやり思い浮かべるようになった」

そのヒーローは、背が高く、格好いい男性で、子供の紗奈江をこの家から助け出してくれる存在だった。当時読んでいた少女漫画のあらゆる格好いい男性を混ぜ合わせた、紗奈江だけの存在だった。その男性と、紗奈江は結婚して、どこか遠くで、皆に羨《うらや》ましがられながら暮らす。そんな夢想をするようになった。次第に紗奈江は兄に触れられることも拒否するようになった。兄も、自分も、すべてが苦しくなり始めていた。その頃、近所で空き巣事件が起こるようになった。

暑い夏の季節、開いている窓から侵入し、住人に発見されれば拳銃のようなもので脅し、ビニールの紐《ひも》で縛り、現金を取っていく古典的なものだった。同じ町で立て続けに数件起こってから、どの家も、厳重に施錠するようになっていた。

「私は何も、その空き巣が自分のヒーローだとは思ってなかった。でも、外から入ってくるその存在のことを、私はずっと思い浮かべるようになっていた。なぜそんなことをしたのかわからないけれど……、私はある日、裏口のドアの鍵《かぎ》を、深夜にそっと開けた。ドキドキした。何かが、この部屋に入ってくると思った。この息苦しい家の中に。この私の窒息しそうな人生の中に。それでこうも思った。私は押入れで寝ているから、自分だけは無事だって。……ドキドキしながら押入れに入ると、身体《からだ》が熱くなっていた。股間《こかん》に枕《まくら》を押し付けると安心して、気持ちがよくなった。……まだ12歳の私は、お兄ちゃんによっておかしくなってたのかもしれない。でも、何も起こらなかった」

剛史の家の防犯カメラは、玄関、庭に降りるためのガラス戸には外側に設置されていたけど、夫婦の寝室、裏口には外側に設置する部位がなく、家の内側に設置されていた。防犯が目的でなく、妻を監視するためだから剛史は構わなかった。防犯カメラがあるというのは、それだけ貴重な何かがあるのを意味してるともとれた。妻の由利は、近所でも評判の美人でもあった。野蛮な空き巣が興味を持つような家ではあった。でも何も起こらなかった。

「翌日、私はとても残念な気持ちになった。私は見捨てられている、となぜか思った。お兄ちゃんは自分の部屋でゲームをしたり、テレビを見たりしてたけど、ゲームとテレビを壊してからは、プラモデルをつくるようになっていた。既製の製品のプラモデルを分解して、おかしな形で組み合わせて、色を塗って、気味の悪いものをつくるようになっていた。『神だよ』と言うようになった。何体も何体も、手や足が奇妙な場所につけられた、複雑な物体が部屋に並んでいた。私の〝ヒーロー〟とは違い、兄のものは多神教だった。……それで、折紙をたくさん買って、風船や鶴をつくるようになっていた。『汚れてはいけないから』。兄はそう言って、その物体や折紙を創《つく》る時は手袋をした。台所で使う、透明な使い捨てのビニールの手袋。折紙は捧《ささ》げ物なんだ、と兄はよく言った。元々奇妙だった兄が、本当におかしくなったと思った。母が異常な掃除をする中で、兄も異常なものを清潔に創っていた。風通しの悪い場所にずっといた兄の意識が、性欲というドロドロとした暗部に引きずられるみたいに、その生まれてくる様々な暗部を〝多神〟として外に吐き出して、でもその〝多神〟に今度は外側からも支配されるみたいに。私はお父さんのライターと台所の油を少しだけ分けて持ち出して、学校の帰り道、家の裏手から少し歩いた所にある、汚い工場の跡地に行った。昔はお兄ちゃんとそこで一緒に遊んでいたけど、今は自分だけの秘密の場所だった。そこで、枯れた枝やゴミや落葉に、火をつけることをたまにしていた。私も人のことは言えなかった。そうしているとスっとした。子供のいたずらではあったけど、火をつければものは消える、というのを知った。自分を取り巻く色んなものが火で消えるのを思い浮かべたりした。……その、容赦のない火というものに、私はどんどん惹《ひ》かれるようになった。火は初めにつけるだけで、自ら熱く、勝手に大きくなって、もし途中で考えの変わった臆病《おくびょう》な私が消そうとしても、もう後戻りもできない力となって全部を燃やそうとする……。私は惹かれた。卑小な私を置き去りにして、全部を燃やそうとするその容赦のない力に」

その頃、由利は剛史と共に寝るのをやめていた。剛史が眠りにつくまで台所などであからさまに、粘るような作業をし、剛史が寝たのを見計らって、寝室に入るのだった。剛史はでも、いつまでも起きていた。剛史は、いつの間にか帰宅している、という状態が増えていった。自分の悪口を言っている、もしくは、自分を置いて家族の全員が逃げていくのを恐れるように、裏口からこっそり帰宅し、トイレの中で家族達の声に耳を澄ませていることがあった。見つかると冗談のように笑ったけど、由利も兄妹達も笑うことはできなかった。剛史は、由利のカメラの細工に気づいていた。出勤する時も、彼女達に見せつけるように裏口から出ていくことがあった。寝室から、言い争う声も聞こえた。その声の中で紗奈江は押入れに入り、兄は〝多神〟をつくった。兄は紗奈江から睡眠薬をもらう頻度が多くなり、少しだけ飲んではぼんやりした表情で紗奈江を見つめた。夜には紗奈江の部屋に入り、その度に彼女は押入れ越しに拒否をした。枕を股間に押し付けたままで。そしてお父さんとお母さんにこれまでのことを言うと、弱々しい兄を脅した。兄が脅え、謝る声を聞きながら、枕をもっと自分に押し付けた。「あいつらを殺せばいいんだ」と兄は弱い者特有の大声で何度も言い、紗奈江は「やる勇気もないくせに」と言った。兄は時々、『出口』と呟《つぶや》くようになった。「強くなる」「何も問題にしないくらいに」。

紗奈江は、裏口の鍵だけでなく、実際にそのドアを開けておくようになっていた。暑い中、風通しをする無用心な家のように。深夜になると、紗奈江は階段を静かに降りていき、レンガブロックを裏口のドアの間に挟むようになっていた。朝には、上手《うま》く眠ることができなかった紗奈江は家族の誰より早く起き、そのドアを元に戻した。その行為はもう子供の何かのまじないのようにもなっていた。それぞれ狭い世界の中にいた家族は誰も気づかなかった。でも、〝ヒーロー〟は来なかった。空き巣の事件は隣の町に移り、隣の町が警戒された頃地方ニュースになった。犯人は追い詰められていた。紗奈江は待ち続けた。兄を押入れ越しに拒否し、学校帰りに枯れ枝を燃やしながら。

兄の不登校を心配する学校側の提案で、兄は精神科に行くことになった。でも兄は内面を閉ざし続けた。紗奈江は裏口を深夜に開け放ちながら待ち続けた。一ヶ月待ち、二ヶ月待った。深夜に物音がした。

19

その物音は、はっきり異物の音、として紗奈江の耳に聞こえた。

押入れの狭い暗闇《くらやみ》の中で、紗奈江の聴覚は冴《さ》えていた。それは明らかに、普段聞こえるものではない、いつもとは違う人間が立てる音だった。その音が引き金となったように、一階の、父と母の部屋の引き戸が開く。来たのではないか、と紗奈江は思った。異物が来た、そして、その物音を不審に思った、恐らく父が、様子を見に行ったと思った。紗奈江の予感をなぞるように、父の短い叫び声と共に、誰かが倒れる音がした。鈍い音が続く。人間が、人間を殴る音。母の悲鳴が聞こえたけど、それはすぐに止《や》んだ。

「私は、胸がドキドキした。すぐ押入れを開けようと思ったけど、身体《からだ》が動かなかった。それで、身体は動かなくていいんだ、と思った。ここにいれば安全だから。ここは安全なのだから。……私はゆっくり、枕《まくら》を自分の足の間に挟んだ。身体が熱くなっていた。でも、怖くて、怖くて、どうしようもなかった。身体が震え、私は泣き出してしまった。……でも、押入れの中に隠していた、瓶ジュースに気づいた」

紗奈江はそれを飲む。多く飲むのは怖かったから、四分の一くらいを。でも子供が眠るのに、その量は十分過ぎた。頭が不意に重くなる。眠る直前に思ったのは、目が覚めなければいい、ということと、君のせいじゃない、という誰かの声だった。次に紗奈江がおぼろげに目覚めた時、また人間が人間を殴る音が耳に入った。誰かの争う声も。

「くり返してる、と思った。さっきの音が、また聞こえるって。……でも違った。別の音だった」

紗奈江が眠っていた間、その侵入者は剛史を縛り、由利を縛り、部屋を物色していた。でも、この家は、現金を保管しておく習慣はなかった。通帳で現金を得るのは難しい。侵入者は剛史のキャッシュカードを奪い、脅して暗証番号を聞き出した。でもその番号が確かかは不明であるから、由利の僅《わず》かな宝石を奪った。侵入者は裏口に消えた。でもその様子を、階段の上から兄がうかがっていた。

「その後にわかったのだけど、お兄ちゃんは、ずっとその様子をうかがっていた。侵入者が出て行った時、お兄ちゃんは階段を降りていった。縛られてる父と母を見た。

明らかに、強盗が入った後だった。……この状況なら、罪を強盗に被《かぶ》せられる。お兄ちゃんは包丁を手に持っていた。ビニールの手袋をして。……それで、二人を刺した。力がなかったから、何度か刺さなければいけなかった。……でもその時、侵入者が戻ってきた。血まみれのお兄ちゃんのところに」

恐らく、その侵入者は、由利の美しさがちらついて仕方なかった。自分がそろそろ捕まるのも覚悟していた。これまでの犯行を考えると女性を襲うような男ではなかったけど、追い詰められた強盗を狂わせるには、由利は十分過ぎるほど美しかった。しかし目にしたのは、自分が縛り上げた二人の人間を刺した少年の姿だった。その少年は、包丁を手に侵入者に襲いかかった。現場を見られたから。自分がやったと外部にばれてしまうから。犯人に、犯人が見られた奇妙な構図だった。侵入者は驚き、兄を殴った。身体の大きい侵入者にとって、兄など相手ではなかった。侵入者は兄から包丁を奪い、なおもつかみかかってくる兄を何度か殴った。そして包丁を持ったまま逃げた。奪う過程で自分の指紋がついた包丁を、残しておくほど馬鹿ではなかった。

「私がぼんやりしたまま階段を降りていった時……、血まみれのお兄ちゃんが、うずくまっていた。父と母の返り血で服を汚していた。その返り血は、気味が悪いくらい乾いて見えた。お兄ちゃんは母の身体の隣にいた。母の服を脱がし始めた。将来の私の身体を確認するみたいに」

兄は呆然《ぼうぜん》と紗奈江を見る。紗奈江は、放心してその様子を見ていただけだった。「お兄ちゃんは、『……やったよ』と言った。でも血の気のない顔で、『見られた。ばれた』とも呟《つぶや》いていた。自分についた血に脅えて、混乱したみたいに、清めないとか、綺麗《きれい》にしないととか繰り返した。……お兄ちゃんはお風呂場に行って、服を着替えた。清潔は、お兄ちゃんの病気だったから……。それで少し落ち着いたみたいに、浄化するよ、と意味のわからないことを言った」

兄は自分の部屋に戻り、いくつもの袋に入れられた大量の折鶴を持ってきた。それらを部屋に撒《ま》き始める兄を、その異様な光景を、紗奈江は泣きながら見ていた。意識が途切れそうだった。兄は自分がやったことを全《すべ》て紗奈江に話す。「ずっとこうするのを想像してたんだけど」と兄は言った。「何でだろう。……ここまで、想像通りだなんて」。

「その奇妙な儀式が終わると、お兄ちゃんは私にしがみついて泣き始めた。『俺はもう警察に捕まる』と言って『でも邪魔者はいなくなったんだ』とも言った。『出口なんだ、出口なんだよ』。お兄ちゃんはガクガク震えながら、私を求めようとした。……本当なら、私はお兄ちゃんを受け入れるべきだった。子供の私にどこまでできるかわからなかったけど、私は少なくともお兄ちゃんを包むべきだった。でも私は怖くて抵抗した。人を、父と母を殺したお兄ちゃんが怖かったから。きっかけをつくったのは私なのに、そんな彼を、無責任にも怖くて嫌だと思ったから。……お兄ちゃんは私の肩を強くつかんだけど、抵抗する私をどうすることもできなくて、服の上に出してしまった。出した後の彼は、見ていられないほど惨《みじ》めだった。これ以上惨めな存在はないというくらいに。自分の分をはるかに超えたことをやってしまって、後戻りもできず、受け止めることもできず、うずくまることしかできない姿を何かに曝《さら》されてるみたいだった。……私に、僕の部屋の机の引き出しにある、黒く塗った瓶を取ってきてくれと言った。……お兄ちゃんが、前もって用意していた何かの毒だった。それは元々母のものだった。母がカメラの細工を私達に告げた頃、お兄ちゃんが、母のクローゼットの中から見つけた。カメラの細工と同じように、それは母の過去から来たものだった。お兄ちゃんは武器とかの本もたくさん読んでいたけど、自殺や毒物の本もたくさん読んでいた。お兄ちゃんには、そのラベルに英語しか表記のない瓶がシアン化合物の毒だとわかった。瓶の中身を、丁寧に水とすり替えていた。母が何を考えていたのかわからないけど、兄は毒を手に入れたと興奮していた。実際はかなり脅え

ながら」

本当なら、紗奈江は兄の要求に応《こた》えるべきではなかった。動かない兄をそのままに、警察にでも何でも、電話をするべきだった。でも彼女は兄の部屋まで行き、奇怪なプラモデルの並ぶ奇妙な部屋に入り、それを持って来る。兄に死んで欲しかったのか彼女にもわからなかった。ただ、惨めに懇願する兄の要求に応えた。意識もぼんやりしていた。頭に常に響き続けていたのは、「君のせいじゃない」という、何度も聞こえてくる誰かの声だった。それは、わからないけど、紗奈江の無意識の声だったのかもしれない。意識を正常に保とうとする、自己防衛の声。もしかしたら、〝ヒーロー〟からの声。

「お兄ちゃんは、私にも飲むように要求した。一緒に死のうって、泣きながらお兄ちゃんは言っていた。私は何も言えなくて、ただ怖くて仕方がなかった。お兄ちゃんは、私の沈黙を了解と取ったのかもしれない……。私が見てる前で、お兄ちゃんは飲んでしまった。お兄ちゃんはあまりの苦しさに驚いたような顔で私を見て、喉《のど》に何かがつっかえたみたいに、何かを吐こうとするみたいに下を向いていた。喉や顔の血管がものすごく浮き出て、口を開けたまま、笑顔みたいに顔を歪《ゆが》めて、うずくまってしまった。しばらくすると、周りにお兄ちゃんのおしっこの臭《にお》いが広がって……。でも、私は飲まなかった。……その後の私は、頭が麻痺《まひ》してしまったような、痺《しび》れてしまったような、変な感覚だった。立つことがずっとできなかったのに、私は気がつくと立っていた。『ばれちゃいけない』と私はずっと思っていた。その感覚だけが、頭の中にあった。……私は裏口まで行って、ドアを内側から閉めて鍵《かぎ》をかけた。侵入者がまた戻ってくるかもしれないと思ったから。そこにあった靴は父のものだったけど、侵入者のものだと思って手に取った。……ドアが開くかどうかを見るためだけにあった、暗い中に置かれたカメラに侵入者は気づいてなかった。でもどちらにしろ、その偽《にせ》のカメラには何も映ってない。……普通、こういうカメラは、侵入者が細工したり、取り除いたりするものだけど、私達は、自らでそうしていた。……頭の中には、『君のせいじゃない』という言葉が催眠みたいに聞こえていた。私はお兄ちゃんの手から落ちた黒い瓶を拾った。これを手渡したのは私だから、どこかに捨てなければと思った。そして、何かに気づいてお兄ちゃんの部屋まで行った。……自分が何に気づいたのかは、部屋に入ってから知った。お兄ちゃんのノートを、捨てたいと思っていた。そこには、私の似顔絵や、私の裸の絵が描かれていたから。……私は兄の気味の悪いプラモデルの一部をゴミ袋に入れて、上から少し踏んで壊してゴミ箱に入れた。その〝多神〟の視線が、何かの証人のように思えて怖かった。リビングに散乱する、犯人が残した破れた手袋のような布と紐《ひも》が目に入った。この紐も呼んだのは私だから、ばれてはいけないと思い、その紐達も拾ってお風呂場に行った。お風呂場にはさっき兄が脱いだ汚れた服があって、私は狭くなる視界に入ったそれもつかんだ。ノートを真ん中にして、学校帰りにしていたように油を使って火をつけた。……なぜだかわからないけれど、火をおこしさえすれば、何かを燃やしさえすれば、全部消えると思った。自分を取り巻く何かが、消えるって……。でも靴も、服も、全部は燃えずに残骸《ざんがい》が残ってしまった。お風呂場にも焼けた跡が残って、それはどう見ても怪しかったけど、子供の私にはそこまで考えることはできなかった。私はその残骸と瓶を袋に入れて、途方に暮れた。私は裏口から小さな庭に出て、埋めようと思ったけど、そんなことは無理だと思った。スコップも、何も、持ってなかったし、それがどこにあるのかも、わからなかった。ドブに捨てようと思ったけど、いつも火で遊んでいた、すぐ近くの小さな工場の跡地をまた思い出した。ドラム缶とか布とか、色んなものがいっぱい捨てられてるところに、その黒くなった袋の中身を捨てた。残った袋だけは握り締めてたけど、途中で気づいて道端に捨てた。私は部屋に戻って、押入れの中に入って、また睡眠薬のジュースを飲んだ。お兄ちゃんに汚された服に気づいて、パジャマの上着だけ着替えた。目が覚めたら、全部が終わり、元通りになってると思った。そこには殺される前の父と母がいて……というのではなくて、あのような父ではない父がいて、あのようないない母がいて、あのようないない兄がいると思った。……どこにでもいる家族が、そこにはあると思った。……でも目が覚めた時、全部があのままだった。……私は電話をした。警察に電話するのは怖かったから、おじいちゃんの家に」

それから、警察が玄関のドアを破り、日置家に入ることになる。紗奈江は何を聞かれても、黙っていた。質問され、泣き出しそうになる度に、どこかの大人が助けてくれた。子供に尋問するのかと口を出す、正義感に溢《あふ》れた弁護士達だった。彼女は彼らに守られることになる。

「渡利辺という人が捕まった時……、なぜだかわからないけど、私もその男が犯人だと思っていた。その男が私達の家に入って、父と母を殺して、お兄ちゃんも殺したんだって。でも同時に、**大きい人間**が家に入ってきて、父や母やお兄ちゃんを殺す夢を何度も見た。私は怖くて押入れで震えてるのだけど、その**大きい人間**が、私の〝ヒーロー〟とは全然似てなくて、私が嘔吐《おうと》した汚物から湧《わ》いたものだと気づいていつも目が覚めた。私の〝ヒーロー〟は消えてしまって、私を守ることもなくなってしまった。渡利辺という人が釈放になって、私は自分の行為がばれてしまうと怖くなって、でも、いつか死ぬからって、心の中で誰かに言うと安心するようになった。いつか死ぬから。いつか死ぬから。……私はおじいちゃんの家に住んで、その後は親戚《しんせき》の家に住んで、何度も転校した。何ヶ月かして、警察の人がまた訪ねてきた。まだなんとか渡利辺という人を犯人にしようとしていたみたいだった。そして、新しくわかったことだけど、裏口のカメラは元々家にあったものなのか、あのカメラの細工について何か知らないかとしつこくきかれた。警察の人からしてみれば、カメラにそんな細工がされていること自体も不可解だった。私は知らないと言い続けた。長引くと声を上げて叫ぶように泣いた。それからも、色々な人達が私から話を聞こうとした。でもその度に周りの人が守ってくれた。まだ子供なんだから、彼女は被害者で遺児なんだからって」

彼女が以前僕に話した「犯人に会った」「十年後に会いにくると言われた」というのは嘘《うそ》だった。というより、それは事件後に彼女の混乱した意識が創《つく》り出していた、いくつものつくり話のうちの一つだった。

「私は中学、高校と進むようになった。母方の苗字《みょうじ》を名乗って。……事件が報道された時、私の名前は仮名だったから大丈夫だと思ってたけど、出所のわからない噂《うわさ》がなぜか時々立った。……その度に転校した。……私はその中で、兄の影を追うようになった。……あの兄の雰囲気のする男の人を、探すようになった。見た目や、印象や、得体の知れない混乱を内面に抱えてる、泥濘《ぬかるみ》みたいな混乱を抱えてる、そんな男の人達を……。そういう男の人達は、たくさんいた。本当に、本当に、たくさんいた。その中で兄の感じのする人を見る度に私は惹《ひ》かれ、その中の何人かの人達に対しては、強い恋愛感情を持つようになった……。お兄ちゃんへの罪滅ぼしを、彼らを代用に叶《かな》えたかったのか、そもそも私はお兄ちゃんが好きだったのか、お兄ちゃんに似てる彼らに私へ復讐《ふくしゅう》して欲しかったのか、わからないまま……。でも、私はそういう人達に、自分から声をかけることはできなかった。怖かったから。自分も相手も怖かったから。遠くから見てるだけで……。私は好きでも何でもない男の人達と言われるままに付き合った。そうやって自分を損ないたかったのかわからないけど……。それで結婚して、当然のように離婚した。もう十分だと思った。いつか死ぬからと思いながら生きるのは自然じゃなかった。三十になっていた。こんな私が三十まで生きるなんて間違ってると思った。死ぬ勇気なんてないけど、そういう問題でもないと思った。……でも、離婚でたくさんの慰謝料をもらって、その通帳のお金をぼんやり見ていた時、考えたことがあった」

彼女はそれまで、二度死のうと試みていた。手首を切るのは母の反復のようで怖かったから、飛び降りようとした。でも勇気がなかった。

「私が兄を想《おも》いながら強く惹かれたあの人達は、今何をしてるんだろうって。……成長した兄の姿を見たかったのか、彼らに会って、自分の何かを叶えたかったのかわからないけど……。中学、高校、バイト先、職場……色々と思い出した。インターネットで名前を検索しても、出てくることはなかった。私は慰謝料のお金を使って探偵事務所に頼んだ。大掛かりな検索みたいに。九人いた中で、東京に住んでいて、しかも独身なのは二人だけだった」

彼女は、後に行方不明になるあの男の居場所を知り、自然を装《よそお》って会いに行く。彼女が惹かれたように、彼も彼女に惹かれることになる。まるでお互いが、気味の悪いそういう性質でも持ってるように。

「でも、彼はいなくなってしまった。いなくなって、ほっとしてる自分もいた。……私は彼に何を求めてるのかはっきりしないまま、彼を追い込んだ。……昔お兄ちゃんに対してそうしたように。でもまた私は何かを求めようと、あなたに会いに行った。あなたは中学の時、奇妙なものを抱えてるはずなのに、少しずつ表面だけがまともになっていくのが不思議な人だった。……久しぶりに会って、あなたが憂鬱《ゆううつ》に、元に戻ってるのを見た。私は残酷にも嬉《うれ》しくなった。……あなたに強く惹かれた。本当に恋愛かどうかもわからない感情のまま。……でも、もう私は疲れた。……私は人を不幸にするから」

この話には、不可解な点が二つあった。

一つは、なぜ彼女が兄の死後、あの異常な時間の中で、侵入者と兄の痕跡《こんせき》を消す行動を取ることができたのか。たとえば紐が一つでも見つかっていれば、少なくともこの事件と空き巣事件は結びついたはず。いくら近くの馴染《なじ》みの場所だからとはいえ、暗闇の中、咄嗟《とっさ》に工場の跡地まで行くと思いつくだろうか？　乱暴で場当たり的な行動だったはずなのに、それが全て事件を混乱させる結果となっている。彼女の行動は、なぜか理に適い過ぎている。僕は、一つの疑いを持つ。彼女は、まるでリハーサルでいいいも経たみたいだと。

もう一つは、兄が、なぜ父と母を殺すことができたのか。たとえ目の前に縛られた二人を見たからといって、実際に、人間を殺せるものだろうか？　もちろんそんな事件は溢れている。少年の殺人は珍しいことではない。殺害の後に、遺体に色を塗ったりする猟奇事件も頻繁に起こっている。でも、実際に、そんなことが本当にできるものだろうか？　一体どうやって？　どういう精神状態で？　人間にとって、本当に悪は可能だろうか？

20

苦しげな息で目が覚めた。

命が、懸命に、息をしようとしている。僕はその息遣いを聞きながら、彼女が、睡眠薬を大量に飲んだのに気づいていた。僕は隣で仰向のまま、目を開けた状態で、じっとしていた。鼓動が静かに速くなっている。彼女が飲んだのは、大量の睡眠薬だけだろうか？　もっと即効性のある、致命的なものも飲んでいるんじゃないのか？　天井の木目の模様が、誘うようにうねり、なぜかはっきり見え過ぎていた。こんなことをしてる場合ではない。僕はそう思っている。でも、僕は暗闇《くらやみ》の中で、彼女の隣で、隠れるように息をひそめていた。ベッドのシーツのざらついた感触を、腕に執拗《しつよう》に感じる。鼓動がさらに速くなっていく。

電気をつけなければ、と気づいていた。電気をつけ、状況を確認し、救急車を呼ぶために電話をする。でも僕は、電気をつければ彼女が眩《まぶ》しいだろうと感じている。暗がりで光る塗料の塗られた置き時計の秒針を、じっと見ていた自分に気づく。後一回り、と僕は思っている。後一回りと思いながら、止まっては動いていく秒針の遅すぎる速度をじっと見ていた。惹かれていく強い引力を感じ、僕は上半身だけ身体《からだ》を起こす。彼女を横から覗《のぞ》き込む。

眉《まゆ》をよせ、小さな口で、彼女は快楽に喘《あえ》ぐように息をしている。ボタンが二つ外れたシャツから、肌色の胸の膨らみが半分だけ見える。シャツの長さで隠れているけど、下半身は下着しかつけていない。彼女の身体が汗で濡《ぬ》れている。汗で、濡れ過ぎている。その姿を、閉め忘れていたカーテンの隙間《すきま》から、月か外灯かわからない光が照らしていた。まるで、僕にこれを見ろと要求するように。僕を、この状況に招待するように。

散らばった大量の錠剤のゴミは、一種類ではない。このままにしておけば、彼女の身体は弱々しく、弱々しく、動かなくなるはずだった。呼吸が乱れている自分に気づく。さっきから、僕の呼吸はうるさい。喉《のど》が渇いていく。そんな彼女を見ながら。

これは何だろう？　僕は、それまでそんな人間ではなかった。急いで電気をつけ、電話をかけるはず。でも僕はそうしない。こんな機会は滅多にないと思っている。僕の悪が、彼女を見ている。これほどまで美しくなった女性を、見たことがなかった。

こんなに苦しそうで、可哀想《かわいそう》で、駄目にしてやりたく見える女性を。弱々しく、命まで消えようとする女性は、こんなにも美しいのかと思っている。汗で濡れた彼女が、まだ抱かれてもいないのに、つらそうに喘ぐ。目を閉じ、衣服をずらしながら。可哀想な彼女を、駄目にしてやりたいと思う。彼女をこのまま気持ちよく、喜ばせてあげたくて、彼女が望んでいるにしろいないにしろ、彼女にふさわしいように、終わらせてあげたいと思う。僕は彼女の唇に、自分の唇を近づける。ここに、悪の機会がある。後戻りできないほど、堕《お》ちていける機会が。

とうとうだ、と僕は思っている。僕はとうとう、こうなる機会に、自分の身体を置いていた。全《すべ》ては、このためだったと感じていた。僕の存在が、僕の身体に一致しようとしている。キスをするだけだ、と僕は思っている。キスをし終われば、僕は電話をかけ、彼女を助ける。僕は彼女のシャツをゆっくり脱がし、胸を撫《な》でる。それだけだ、と思っている。それだけで、僕は電話をかけ、彼女を助けようと。でも僕は、次に彼女の下着を脱がしていく。ここまでだから、ここまでだからと言いながら、僕は最後までやるだろう。厳粛な死など問題にせず、彼女をコソコソ盗みながら。彼女の身体だけでなく、その生死まで支配しているようなこの感覚に包まれながら。僕はもう、何も問題にしない。これまで僕が苦しんでいた、排除しようとしていた僕の暗部が、全身に染《し》みるように入ってくる。Rがいた頃の、生の自分。僕は思う。最初から、こうすればよかったのだった。何も周囲に合わせる必要はなく、自分を隠す必要もなく、悩む必要もなく、受け入れればいいのだった。僕がどんな存在だろうと、何がどうだろうと、それが一体、何だろう？　しかもこれは、周囲にばれることのない、密室の中の暗部だった。彼女は自分で死ぬのだから。まるで煮え切らない僕に、世界が解放の機会を提示したように。いや、というよりも、世界がまるで、お前の本質はこうだと、僕に知らしめるために提示したように。周囲にばれなくても、僕の内面はある意味で終わるだろう。でも、まともに生きる必要が、あるだろうか？　一度しかない人生を、常に健全に生き続けろと？　何のために？　彼女に触れながら、僕は気づく。

彼女の兄が見たのは、縛られた父と母だけでなく、その状況そのものだったということに。自分の長年の望みが、今、誰にも知られることなく完全に達成できる瞬間に、自分が対峙《たいじ》しているという感覚だったということに。これを逃せば、また、自分は泥濘《ぬかるみ》のような逡巡《しゅんじゅん》の中にいなければならず、こんな機会は一生ないという状況を見せつけられていたということに。人は、覚悟もないまま、悪を成すことができる。今、僕が彼女を死なせる覚悟もないまま、死んでいく彼女を見ながら触れているように。兄の、社会に適応する前の、生の衝動。〝多神〟の力を借り何とか解放しようとした、何も問題にしない領域にいこうとした、彼の衝動。

僕は死のうとする彼女の上に乗る。彼女を殺してあげるために。彼女の死になるために。射精すれば終わりであるのは知っている。でもその後の僕は、もう僕ではないのだろう。この世界の温度も必要とせず、優しさも必要とせず、希望も必要とせず、これまでの内面の傷なども問題にしない、僕は無造作で、不条理な存在になる。ずっと望んでいた存在になる。子供の頃に見た、あの公園の巨大な風景を思い出す。僕はあちら側へ、あの残酷な世界の側《がわ》へいく。世界が人間に与えようとする、冷酷さの側へいく。僕はそれと一体化し、僕を凌駕《りょうが》する。世界の正体の中にいく。内面の傷など問題ではない。この世界は誰にとっても平等なのだ。誰が死のうと誰が生きようと、いいいいいいいいいいいいい大したことなど何一つないのだ。僕は彼女の死になる。沸々と、激しい何かが込み上げる。僕を越えるものが突き上げてくる。大きなものと一体になっていく。僕の出口。僕は大きく息を吸う。身体に力を入れる。僕の暗部が解放されていく。そうだ、そうだ、僕は――。

心臓に、鈍い痛みを感じた。僕は身体の動きを止め、硬直したまま、動けなくなった。彼女が、僕を見ていた。ずっと見ていた。

彼女は、確実に死のうとして睡眠薬を飲んだわけでなかった。かなり危ない量ではあったけど、もし助かったなら仕方ないというような、彼女特有の曖昧《あいまい》さで、いつもより多い分量を飲んだだけだった。彼女が僕を見ていた。死のうとする彼女の身体の上にいる、そんな彼女だからこそ求めようとした僕を。彼女は笑みを浮かべていた。僕の恥部の全部を見ることができたというように。あなたもとうとう、私と同じ領域まで堕ちてきたというように。犯罪を見られた僕と、過去に犯罪を犯した彼女の視線が合う。僕達はずっとお互いを見続けている。

「あ……」

彼女が弱々しく、何かを言おうとする。僕は彼女に顔を近づける。同じ暗部の中で。

「……あなたが好き」

彼女が僕にそう言ったのは、初めてだった。彼女が本心からそう言っているのが、声の響きや彼女の表情から伝わっていた。

部屋が静かになる。僕はその暗がりの中で、自分の響き続ける鼓動の音を聞いていた。皮肉じゃないか、と僕は思う。僕は生まれてからこれまで、誰かに自分が必要だと言われたのは、初めてだった。恋愛ごっこではなく、誰かに本心からそう言われたのは、子供の頃も含めて、初めてだった。

「いいいい邪魔したね……、ごめん」

彼女がまた目を閉じる。僕に身をまかせる。僕は携帯電話をつかむ。

21

梅雨に入り、雨が降り続けている。

雨は僕に、いつも無力さを思い出させる。僕達は、それが止《や》むのを待つしかないから。僕達は外部に生活をコントロールされている。止むことのない地震も同じだった。

彼女と籍を入れた。あの時の睡眠薬は実際相当な量ではあったけど、病院に行ったことで彼女はやがて目を覚ました。僕達が何をどう整理すればいいかわからないままぼんやりしていた時、彼女が籍を入れたいと何気なく言った。僕は別に断る理由もなかった。それから彼女は軽く上機嫌になったけど、それは新しい生活に希望を持つとか、そんな健全な理由ではなかった。その軽い上機嫌は、まるで人生ゲームをするようなものだった。人の人生の真似事《まねごと》をするような。まるで彼女の母が、大きな悲しみの後に、剛史と結婚した時のような。

僕は、彼女の過去を気にする罠《わな》にはまりかけた。彼女が調べて会ったのが、あの行方不明の男の方が先だったことに、こだわりかけた。本当は、彼が一番だったのではないか？　疑いながら、僕は剛史を思い出し少し笑った。これではくり返しだった。僕のような希薄な存在が、彼女の強固な物語の中に取り込まれた結果じゃないかと。でも僕は前例を知っている。そんな面倒な罠にははまらない。

　僕は佐藤弁護士の下で働いていた。二匹の猫の秘書と一緒に。加藤さんは僕を業界で働けなくさせると言ったけど、そこまではしなかったようだった。佐藤弁護士の下で働くのは、この上なく退屈だった。人生が退屈なものであることを、毎日これでもかと教えられるくらいに。

　司法試験の勉強はしているけど、別に受からなくてもいい。似たようなものだから。もし誰かにこのことを話したら、その誰かは希望を持てと言うだろうか。時々僕は考える。希望が必要なら、当然見つければいい。突き詰めて考えるのをやめれば、人生に謙虚になれば、身近な希望ならすぐ見つかるのだから。何かが僕の中で終わり、そして何も始まろうとはしていない。でも、それで別にいいじゃないか、と思っている。なぜだかわからないけど、何というか、僕は今、とても楽だ。

　毎日が、退屈であることに変わりはない。彼女も軽く上機嫌でありながら、「退屈だね」と日に何度か吐く。Rが僕に手を振りながら去っていく夢でも見るかと思ったけど、そんな夢も見ない。Rはもう、こんな僕に興味すらないらしい。

さて……、何年もつだろう？　もし八十まで生きたら、誰か表彰でもしてくれるだろうか？


僕がテロップだらけのテレビを見ていた時、彼女がコーヒーを持ってきてくれた。僕が礼を言ってコップに手を伸ばした時、彼女が短く「あ」と声を出した。

「あなた砂糖いらないから、こっちだ」

彼女はそう言って、自分のコップと僕のコップを取り替える。大した場面でないのに、僕はその彼女の手の動きに違和感を覚えている。なぜだかわからないけど、その動きが、何かの象徴のように思えたから。僕達はしばらくコーヒーを飲んでいたけど、彼女が不意に微笑《ほほえ》む。

「別にどっちでもいいけど、もしも私達の間に子供ができたとしたらさ、……その子が、思わなければいいね」

「……何を？」

「誰か一人、いなくなればって」

悪い冗談だ。でもその時、僕の中に一つの疑念が静かに浮かぶ。

もしかして、兄と妹は、元々共犯だったんじゃないだろうか？

兄は、両親の殺人の計画を、妹に具体的に話していたのではないだろうか。どのような計画だったかは、わからない。包丁を使うのか、毒を使うのか。でも兄は両親の殺害を何度も妹に言い続けていたのだから、どうやってやるのかという具体的なケースも、様々に話していた可能性は高い。

犯行後に残るはずの凶器などの証拠を、どうミスすることなく処分するか兄は妹に言い、俺がやった時は紗奈江がそうするんだぞと、前もって役割分担をしていたのではないだろうか。それくらい自分は本気なんだぞと、妹に言っていたのではないだろうか。妹が燃えなかった服などの残骸《ざんがい》を捨てた場所は、元々は、兄と共に遊んでいた場所だと彼女は言った。妹は兄の計画をぼんやり聞きながら、半信半疑のまま聞きながら、兄には秘密に裏口を開けていたのではないだろうか。

彼女のあの長い告白を聞いてから、ずっと引っかかっていた。彼女の話には、不自然なところが幾つもあるように思えた。不自然なところを一つ一つ考えていくと、何か別の事実のようなものが、ぼんやり浮かび上がってくるように感じた。

兄がわざわざ母の服を脱がしていたのは、どういうことだろう。兄は両親をあのような形で殺した時、強盗が証言などするはずがないと考え、ばれないと思い、その頃流行《はや》っていたような猟奇事件に巻き込まれたと、言うつもりだったのではないだろうか。変質者の大人の犯行に、見せかけるためだったのではないだろうか。なぜなら、そもそも将来の妹の身体《からだ》に思いを馳《は》せ、それで脱がしたというのは不自然だから。母の服を脱がした理由は、少なくとも、現場の工作と考えた方が自然ではないだろうか。母性的に何かしようとしたのだとしても、それならそれを紗奈江の目の前でやるはずがない。

そうであるなら、兄はあのような犯行をしてもなお、実は生きようとしていたことになるのではないだろうか。そもそも、あのような兄が、簡単に妹を諦《あきら》めるだろうか？　簡単に死を選ぶだろうか？　捕まったとしてもあの時代なら少年院で済むのに。動悸《どうき》が少し速くなっていく。兄はただ、いつものように、動揺を抑えるために彼女の睡眠薬を少し飲もうとしただけだったのではないだろうか。彼女が、兄の毒物と、睡眠薬入りの瓶を、持ち替えて兄に渡したんじゃないだろうか。彼女は時々、睡眠薬を兄に飲ませていたのだから。

「お兄ちゃんはあまりの苦しさに驚いたような顔で私を見て、喉《のど》に何かがつっかえたみたいに、何かを吐こうとするみたいに下を向いていた。喉や顔の血管がものすごく浮き出て、口を開けたまま、笑顔みたいに顔を歪《ゆが》めて、うずくまってしまった」

兄は、本当に苦しさに驚いて、彼女を見たのだろうか？　兄が驚いた顔で彼女を見た理由は、本当は、もっと別のことだったのではないだろうか？　彼女は兄に言われて毒を兄の部屋から持ってきたのではなく、恐ろしい出来事が起こってるはずの一階に降りる時、自分を守る何かの武器のように、その毒を自ら取ってきていたのではないだろうか。兄に取って来いと言われたのは、睡眠薬の方だったのではないだろうか。彼女は睡眠薬を二階に取りに行き、でも恐らく暗がりだったはずのリビングで、動揺している兄に持ち替えて渡した。あのような年齢の少年が、その日のうちにすぐ、勇気を持って自ら毒を飲むことができるだろうか。彼は毒物に詳しかったのだから、その毒が死ぬまでどれくらい苦痛があるかも知っていたはずだった。少年犯罪において、犯行後に少年が自殺するケースは滅多にない。妹を手に入れたいのなら、少なくとも、自分が死ぬより先に妹に飲ませるのが普通ではないだろうか？　兄は、妹を所有したかったのだから。誰にも取られたくないとずっと言っていたのだから。やはり何かおかしい。そんな兄が先に死ぬだろうか？

僕は、自分がもし兄だったら、と考え続けている。僕は兄と雰囲気が似ているらしいから。その自分の性格を使いながらも、兄に成り代わって想像してみる。日置事件について、改めて考え直してもみる。彼女と共に生活しながら。彼女のことをずっと側《そば》で見ながら。彼女と共に買ったばかりのテーブルで食事をしながら。彼女とたまに出かけたりしながら。彼女の笑顔を見ながら。彼女の不機嫌な顔を見ながら——。僕の中に、次々と推論が浮かんでくる。もちろん、証拠はどこにもない。この領域に踏み込むには、もう想像することしかできない。でも、こう考えた方が、しっくりきてしまうのではないだろうか。

彼女は兄から具体的な犯行とその処理を言われていたから、兄が死んだ後も、あのように動くことができた。ぼんやり裏口を開けていた程度の少女が、あのように動いて証拠を消せるわけがない。現実は兄の計画より唐突で乱暴だったけど、少しは当たっていた。だから彼女は動くことができた。かなり不十分ではあったけど、動くことができた。彼女はずっと何かが起きた時のことを、あらゆるケースも想定し、暗い押入れの中で何度も何度も夢想し続けていたのだ。彼女の望みは、自分を取り巻く状況を変え、かつ自分は無実に、被害者の殻に隠れることだったから——。彼女の行動は全部それに当てはまっている。彼女にしてみれば、兄が生きていることは悲劇の継続にすぎないはずだった。誰か一人いなくなれば。ずっとそう思っていた彼女は、兄の実際の死も夢想していたはず。もし兄が自殺でないなら、兄に毒を飲ませられるのは彼女しかいない。兄に睡眠薬を飲ませる度に、これが毒だったらと夢想したこともあったはずだった。あの事件には、彼女の告白以外の何かがあるように思えてならない。彼女は、睡眠薬と毒を持った小さな手で、兄に毒物の方を渡した。彼女の〝ヒーロー〟の力を借りて。そして、兄は驚いた顔で彼女を見る——。

　そしてそのことを、彼女が倒錯したつくり話の一つにしてしまってるとしたら？　あの異常な時間の中で、彼女の幼い意識が、彼女の脳の迷宮の中に、兄の瓶を持ち替えた時の一瞬の記憶を押し込んでいるとしたら？　もしかしたら、自分が瓶を持ち替えた時も、彼女にはその自覚がなかったとしたら？　彼女の幼ない無意識が、その一瞬の時、彼女をそう動かしていたのだとしたら？　つまりあの事件は、世界に適応する前の兄の欲望の強大な発露を、兄よりもっと世界に適応する前の妹が、兄の欲望を越えるほどの自然さと無邪気さで、兄をその欲望ごと始末した結晶なのではないか？　だからこそ、あの事件は様々な人間を惹《ひ》きつけたのではないだろうか？　内面に暗部を抱える者達を、そしてそんな自分を始末してもらいたいと思っている人達を。これがあの事件の全《すべ》ての真相ではないのか？　それとも、これは僕の考え過ぎだろうか？

僕はそこまで考えて、意識的に頭を軽く振る。ここまできたら、もうそれでもいい。僕は自分の悪徳も今は知っているから。彼女の味方になれるのは、僕のような存在しかいないようにも思うから。たとえ最悪な事実が出てきたとしても、いずれにしろ、僕達はもう離れることはできない。都合の悪い真実がもしまだあるとしても、もう忘れてしまえばいい。

もし思い出して彼女がおかしくなったとしても、僕は側にいるだろう。一人で悩むのは、きっと寂しいだろうから。僕達は最高のデュエットだから。

文庫解説にかえて
『迷宮』について

小さい頃、この小説の「R」と同じように、架空の存在をつくり出していた。その存在と暮らしていくことで、自分を守っていたのだと思う。中学生になると自然と消えたのだけど、恐らく僕の中にその存在はまだいる。

これは僕の十一冊目の本が文庫本になったものになる。僕の小説は大抵暗いのだけど、この小説にはそれだけでなく、どことなく危うさが漂っている。いや、あなたの小説は大抵そうだと従来の読者さんから声が聞こえてきそうだけど、大きな理由の一つに、この小説が二〇一一年の東日本大震災の後に書き始められたものというのがある。あの震災で（僕なりに）受けたダメージがこの小説にある。

デビュー十年を迎える年に単行本として発表されたもので、これを終え強い光を書く必要を感じ——それは同時に闇《やみ》を深めることにもなるのだけど——『教団X』を書き、「謎《なぞ》」という面では、この『迷宮』を経なければ「謎」に「驚き」を加えることになった『去年の冬、きみと別れ』は出来なかっただろうと感じている。そういった意味で、起点となった小説だと個人的に思っている。

僕の『銃』や『遮光』で書いた「何かを持ち歩く」というテーマ、その持ち歩くものが無形の「謎／事件」になったとしたら。そういう発想が元にあり、この小説は生まれている。

人にあまり言えないことの一つや二つ内面に抱えてるのが人間だと思う。無理に明るく生きる必要はないし、明るさの強制は恐ろしい。さらに言えば、「平均」から外れれば外れるほど、批判を受ける確率は高くなっていく。

そんな面倒な時代かもしれないけど、小説のページを開く時くらいそこから自由になれるように。共に生きましょう。

二〇一五年　三月十二日　中村文則

この作品は平成二十四年六月新潮社より刊行された。

中村文則著
土の中の子供
芥川賞受賞

親から捨てられ、殴る蹴るの暴行を受け続けた少年。彼の脳裏には土に埋められた記憶が焼き付いていた。新世代の芥川賞受賞作！

中村文則著
遮光
野間文芸新人賞受賞

黒ビニールに包まれた謎の瓶。私は「恋人」と片時も離れたくはなかった。純愛か、狂気か？ 芥川賞・大江賞受賞作家の衝撃の物語。

中村文則著
悪意の手記

いつまでもこの腕に絡みつく人を殺した感触。人はなぜ人を殺してはいけないのか。若き芥川賞・大江賞受賞作家が挑む衝撃の問題作。

町田康著
夫婦茶碗

あまりにも過激な堕落の美学に大反響を呼んだ表題作、元パンクロッカーの大逃避行「人間の屑」。日本文藝最強の堕天使の傑作二編！

町田康著
ゴランノスポン

表層的な「ハッピー」に拘泥する若者の姿をあぶり出す表題作ほか、七編を収録。笑いと闇が比例して深まる、著者渾身の傑作短編集。

芥川龍之介著
地獄変・偸盗《ちゅうとう》

地獄変の屏風を描くため一人娘を火にかけて芸術の犠牲にし、自らは縊死する異常な天才絵師の物語「地獄変」など〝王朝もの〟第二集。

迷《めい》　宮《きゅう》

新潮文庫　　な－56－5

平成二十七年四月一日発行
平成二十九年六月五日七刷

著者　中《なか》村《むら》文《ふみ》則《のり》
発行者　佐藤隆信
発行所　株式会社新潮社
郵便番号　一六二－八七一一
東京都新宿区矢来町七一
電話　編集部(〇三)三二六六－五四四〇
　　　読者係(〇三)三二六六－五一一一
http://www.shinchosha.co.jp

価格はカバーに表示してあります。

乱丁・落丁本は、ご面倒ですが小社読者係宛ご送付ください。送料小社負担にてお取替えいたします。

印刷・大日本印刷株式会社　製本・加藤製本株式会社

ISBN978-4-10-128955-7 C0193